Créditos:

La sombra de Polidori
Bestiario de lo sobrenatural I

Segunda Edición: febrero 2016
Código: 978-540003863505-0037
ISBN-13: 978-1523982509
ISBN-10: 1523982500

Autores: Ignacio Cid Hermoso, Enrique Cordobés, Ángel Elgue, José Manuel Fernández Aguilera, Javier Fernández Bilbao, Covadonga González-Pola, Gloria T. Dauden, Ángeles Mora, L.G. Morgan, Pedro Moscatel, Óscar Muñoz Caneiro, Sergio Pérez-Corvo, John William Polidori, Gema del Prado Marugán y Edgar Sega

Traductor ("El vampiro"): Juan Ángel Laguna Edroso
Ilustración de portada: Miguel Puente Molins
Maquetación y diseño: Kachi Edroso y Miguel Puente Molins
Corrección de estilo: Juan Ángel Laguna Edroso

Edición: Saco de huesos
Paseo Fernando el Católico, 59. ED 5A
CP 50006 Zaragoza
www.sacodehuesos.com

La sombra de

Polidori

Bestiario de lo sobrenatural 1

El vampiro

Por John William Polidori

OCURRIÓ QUE en mitad de las disipaciones precedentes al invierno londinense, apareció en algunas de las fiestas de mejor tono un aristócrata más destacable por sus particularidades que por su rango. Este observaba el júbilo circundante como si no pudiera participar del mismo. Daba la impresión de que en cuanto una risa ligera e inocente atraía su atención, la sofocaba de una simple mirada y un inesperado temor anidaba en los pechos donde esta había reinado sin preocupaciones. Aquellos que sufrían este sobrecogimiento no podían explicar de dónde provenía: algunos lo atribuían al gris mortecino de sus ojos, los cuales, al fijarse en el rostro de su víctima, parecían incapaces de penetrar, de un vistazo perforar las intimidades de su corazón, sino que caían sobre sus mejillas con un brillo plomizo que oprimía la piel, sin poder aventurarse más allá.

Estas peculiaridades hicieron que fuera invitado a todas las casas; todos deseaban verlo y aquellos acostumbrados a las emociones violentas, que sentían en aquellas fechas el peso del aburrimiento, se congratulaban de tener algo en su presencia capaz de captar su atención.

A pesar de la tonalidad cadavérica de su rostro, que nunca adoptaba un tono más cálido, ni sonrojado por la modestia ni por esa emoción más intensa que es la pasión, su forma y perfil eran hermosos, y muchas féminas ávidas de notoriedad intentaban convertirse en el blanco de sus atenciones y conseguir, al menos, algunos gestos de lo que se pudiera considerar su afecto. Lady Mercer, que había sido el hazmerreír de todas las arpías que asomaban por los salones desde su matrimonio, se cruzó en su camino e hizo de todo, salvo vestirse de *montimbanco*, para atraer su atención... en vano: cuando se puso delante de él, a pesar de que sus ojos estaban en apariencia fijos en los suyos, parecía incapaz de verlos, hasta tal punto que su insolencia se tornó desconcierto y se retiró. Pero si las adúlteras comunes no eran capaces de atrapar su mirada no era por su desinterés por el sexo femenino, por mucho que la aparente precaución con la que se dirigía a la esposa virtuosa o a la inocente hija hiciera pensar que nunca se dirigía a mujeres. Tenía, por el contrario, reputación de pico de oro y bien porque esto compensara sus maneras siniestras o porque conmoviera su aparente desprecio por el vicio, se encontraba con la misma frecuencia rodeado de aquellas damas que adornaban su género con sus virtudes domésticas que de aquellas que lo mancillaban con sus vicios.

Más o menos al mismo tiempo llegó a Londres un joven caballero llamado Aubrey, que había quedado huérfano, junto a su única hermana, y en posesión de un importante patrimonio, cuando todavía era un niño. Abandonado también por sus tutores, que consideraron su deber tan solo ocuparse de su fortuna mientras delegaban la mucho más importante tarea de formar su mente a subalternos a sueldo, el joven cultivó más su imaginación que su juicio. Tenía, por lo tanto, ese romántico sentimiento de honor y candidez que a diario arruina tantas aprendices de costurera. Creía que todo estaba en sintonía con la virtud y que el vicio era sembrado por la Providencia tan solo para crear un efecto pintoresco, tal y como vemos en las novelas: creía que la miseria de una cabaña consistía meramente en la ropa atribuida, que resultaba igual de confortable pero se mostraba más interesante al ojo del pintor con su corte irregular y los remiendos de colores. Pensaba, en resumidas cuentas, que los sueños de los poetas correspondían con la realidad de la vida. Era apuesto, franco y rico. Por estas razones, desde su entrada en bailes y recepciones, muchas madres lo rodeaban, esforzándose con menos sinceridad en cortejos lánguidos. Las hijas, al mismo tiempo, con sus rostros radiantes y el brillo de sus ojos cada vez que abría la boca, pronto lo convencieron erróneamente de sus talentos y sus méritos. Tan apegado estaba a los romances que habían llenado sus horas solitarias que, al principio, le sorprendió constatar que, excepto en el tremolar de las velas, no por la presencia de un fantasma, sino por un soplido, no había fundamento en el mundo real para ninguna de las evocadoras imágenes y descripciones contenidas en aquellos libros que habían sido objeto de su estudio. Al encontrar, no obstante, cierta compensación en su vanidad halagada, se encontraba listo para renunciar a sus sueños cuando el extraordinario personaje que hemos descrito más arriba se cruzó en su camino.

Lo observaba y la mera imposibilidad de formarse una idea de su carácter lo absorbía por completo. Daba pocos indicios de la impresión que le causaba lo que le rodeaba, más allá del reconocimiento tácito de su existencia, implícito en que evitaba su contacto. Así, dejando que su imaginación se aferrase a todo lo que reafirmaba su propensión a las ideas extravagantes, pronto lo amoldó a la horma del héroe romanesco y se determinó a observar la manifestación de su ideal más que a la persona que tenía delante. Así, se familiarizó con él, se interesó por sus asuntos y, llegado el momento, su presencia era siempre reconocida. Gradualmente, fue descubriendo que los asuntos de Lord Ruthven se habían complicado y pronto se enteró, por los anuncios de xxxx Street, que estaba a punto de partir.

Deseoso de conseguir más información sobre su singular carácter, que hasta entonces había tentado su curiosidad, dio a entender a sus tutores que había llegado el momento de realizar un tour, algo que durante generaciones había sido considerado necesario para permitir a los jóvenes dar grandes pasos en la carrera del vicio de cara a igualarse con sus mayores, de tal modo que no parecieran recién caídos del cielo cuando cualquier escandalosa intriga fuera mencionada, bien como chanza bien como motivo de orgullo, gracias a la habilidad mostrada en seguir con la misma. Estos consintieron y Aubrey comunicó sus intenciones de inmediato a Lord Ruthven. Para su sorpresa, este le propuso unirse a su viaje. Tocado por aquella muestra de aprecio de alguien que, en apariencia, nada tenía en común con otros hombres, aceptó de inmediato y, en pocos días, habían atravesado el Canal.

Hasta el momento, Aubrey no había tenido oportunidad de estudiar el carácter de Lord Ruthven y se encontró que, aunque ya era consciente de muchos de sus actos, los resultados ofrecían conclusiones distintas de los motivos aparentes que antes había atribuido a su conducta.

Su compañero de viaje se mostraba profusamente generoso: el desocupado, el vagabundo y el mendigo recibían de su mano más de lo necesario para cubrir sus deseos inmediatos. Pero Aubrey no pudo evitar darse cuenta de que no era entre los virtuosos reducidos a la indigencia por la mala fortuna que se mantenían en la virtud entre quienes otorgaba sus limosnas; esos eran despachados de su puerta con mal reprimidas burlas. Sin embargo, cuando un libertino venía a pedirle algo, no solo para satisfacer sus necesidades, sino para regodearse en sus deseos o hundirse aún más profundamente en su iniquidad, era colmado de caridad. Esto, no obstante, lo atribuía a la insistencia de los perdidos, que por lo general se impone sobre la timidez de los indigentes virtuosos.

Había otro particular en la caridad de su señoría que impresionaba todavía más al joven: todos aquellos que eran objeto de esta inevitablemente se encontraban con que tenía una maldición ligada, pues se veían conducidos al cadalso o hundidos en la más baja y abyecta miseria.

En Bruselas y otras ciudades por las que pasaron, Aubrey se sorprendió del aparente entusiasmo de su compañero por los lugares que albergaban todo vicio imaginable. En estos, se volcaba en la mesa de juego, apostaba y siempre con éxito, excepto cuando un perro viejo le salía al paso, en cuyo caso perdía incluso más de lo que había ganado. Siempre, no obstante, con la misma expresión impasible con la que miraba la sociedad en torno. No, por el contrario, cuando se encontraba con el impulsivo joven debutante o con el desafortunado padre de numerosa familia; entonces, su mero deseo parecía ley para la fortuna y su en apariencia abstracta mente se veía dejada de lado y sus ojos chispeaban con más fuego que los del gato que juguetea con el ratón agonizante.

En cada ciudad, dejaba a algún joven previamente acaudalado desgajado de su círculo, maldiciendo, en la soledad de una mazmorra, el destino al que había sido arrastrado por haber alternado con este desalmado. Mientras, muchos padres se estremecían entre las significativas miradas mudas de sus hijos hambrientos sin un triste penique de su antigua inmensa fortuna, sin lo necesario para cubrir sus ansias presentes. Y, sin embargo, nunca se llevaba dinero de la mesa de juego, sino que perdía de inmediato, a favor del que arruinaba a tantos, hasta la última moneda que acababa de arrancar de las manos convulsas del inocente: esto puede que no se debiera a otra cosa que un cierto grado de conocimiento, que no era, por el contrario, capaz de combatir los ardides de los más experimentados.

Aubrey deseaba con frecuencia llamar la atención de su amigo sobre este particular, y rogarle que cesase en esa caridad y esos entretenimientos que se convertían en la ruina de cuantos lo rodeaban sin reportarle ningún beneficio; pero siempre retrasaba el momento, pues cada día esperaba que Lord Ruthven le diera la oportunidad de hablar franca y abiertamente con él. En vano. En su carruaje, entre los ricos y variados escenarios brindados por la naturaleza salvaje, era siempre el mismo: sus ojos decían menos que sus labios, y a pesar de que Aubrey estaba cerca del objeto de su curiosidad, no obtenía mayor gratificación de este que la constante excitación de desear en vano romper el misterio que en su exaltada imaginación empezaba a asumir la forma de algo sobrenatural.

Pronto llegaron a Roma, y Aubrey perdió por un tiempo la pista a su compañero. Este lo dejó en una recepción matinal del círculo de amistades de una condesa italiana mientras él se iba en busca de los monumentos de otra ciudad casi desierta. Entretanto, le llegaron algunas cartas de Inglaterra que abrió con ilusión e impaciencia. La primera era de su hermana, en la que le transmitía nada más que su afecto. Las otras eran de sus tutores y lo dejaron estupefacto: si previamente le había sugestionado la idea de que un poder maléfico residía en su compañero, las misivas parecían dar suficiente crédito a esta impresión. Sus tutores insistían en que lo abandonase de inmediato y le urgían a ello esgrimiendo que su carácter era terriblemente disoluto y que, por sus irresisti-bles poderes de seducción, sus hábitos licenciosos se volvían más peligrosos para la sociedad.

Había quedado al descubierto que sus prevenciones con las adúlteras no tenían su origen en un desprecio a su carácter, sino que deseaba, para acrecentar su regocijo, que su víctima, la cómplice de su culpa, fuera arrancada del pináculo de la virtud hasta las simas de la infamia y la degradación: en efecto, todas aquellas féminas que había buscado, en apariencia por devoción a su virtud, habían dejado caer, desde su marcha, la máscara tras la que se ocultaban para exponer sin escrúpulos la completa deformidad de sus vicios ante la opinión pública.

Aubrey tomó la determinación de abandonar a aquel cuyo carácter, en cualquier caso, no había mostrado todavía ni un solo punto brillante en el que fijar la mirada. Se resolvió a inventar cualquier pretexto plausible para abandonarlo, decidido, mientras tanto, a observarlo con más atención y no dejar que el más mínimo detalle le pasase por alto.

Ingresó en el mismo círculo y rápidamente percibió que su señoría pretendía valerse de la inexperiencia de la hija de la dama cuya casa mayormente frecuentaba. En Italia, rara vez una mujer soltera se deja ver en sociedad; por ello, Lord Ruthven se veía obligado a llevar sus planes en secreto. No obstante, Aubrey no perdía ojo de sus manejos y pronto descubrió que un compromiso se había fijado, el cual seguramente terminaría en la ruina de una inocente aunque inconsciente muchacha. Sin perder más tiempo, entró en el apartamento de Lord Ruthven y le preguntó sin miramientos por sus intenciones respecto a la muchacha, advirtiéndole al mismo tiempo que estaba al corriente de sus pretensiones de visitarla esa misma noche. El aristócrata contestó que sus intenciones eran tal y como las había supuesto si se le presentaba la oportunidad; y al inquirirle si pretendía esposarla, se limitó a carcajearse.

Aubrey se retiró y, de inmediato, escribió una nota para dejar constancia de que a partir de ese momento declinaba acompañar a su señoría en lo que quedaba del tour previsto, ordenó a su sirviente buscar otro alojamiento y, presentándose ante la madre de la muchacha, la informó de todo lo que sabía, no solo en lo que atañía a su hija, sino también en lo concerniente al carácter de su señoría. El compromiso fue anulado. Lord Ruthven se contentó con enviar a su criado al día siguiente para notificar su completo acuerdo con la separación, pero sin dar a entender en ningún momento que sospechaba que sus planes se habían visto frustrados por la intervención de Aubrey.

Tras dejar Roma, Aubrey se dirigió a Grecia y, después de atravesar la península, pronto se encontró en Atenas. Estableció su residencia en casa de un griego y en seguida se volcó en trazar los desvaídos vestigios de una gloria antigua a través de unos monumentos que, en apariencia avergonzados de servir de crónica de los hechos de unos hombres libres tan solo frente a esclavos, se refugiaban bajo el suelo o se ocultaban bajo los coloridos líquenes.

Bajo ese mismo techo habitaba un ser tan hermoso y delicado que hubiera sido modelo para un pintor que desease retratar en el lienzo el paraíso prometido por Mahoma a los creyentes, salvo que sus ojos decían demasiado para que nadie pudiera pensar que era una de esas bellezas carentes de espíritu. Cuando danzaba por la llanura o triscaba por las montañas, uno hubiera pensado que la gacela no era más que una triste sombra de su belleza, por quien hubiera cambiado su mirada, en apariencia la mirada de una naturaleza vivaz por ese mirar de adormilada suntuosidad solo adecuado para el gusto de un epicúreo.

El paso ligero de Ianthe acompañaba a Aubrey en su búsqueda de antigüedades, y con frecuencia la inconsciente muchacha se abandonaba a la persecución de una mariposa de cachemira mostrando por completo la belleza de sus formas, flotando como si fuera portada por el viento, frente a la entusiasta mirada del joven, que olvidaba las inscripciones que acababa de descifrar en una lápida casi borrada ante el espectáculo de esa figura de sílfide. A menudo, sus mechones caían y flotaban a su alrededor, exhibiendo bajo los rayos del sol tal delicadeza brillante y efímera en sus tintes que podía bien excusar la distracción del estudioso, que dejaba escapar de su pensamiento el mero objeto que tenía ante sus ojos a pesar de su vital importancia para la interpretación adecuada de un pasaje de la obra de Pausanias.

Pero ¿por qué intentar describir los encantos que todos sentimos pero nadie puede apreciar? Era inocencia, juventud y belleza nunca afectada por las atestadas salas de estar y los sofocantes salones de baile. Mientras él dibujaba los vestigios de los que quisieron preservar memoria para la posteridad, ella permanecía a su lado y contemplaba la magia de su lápiz al trazar escenas de su tierra natal; entonces, ella le describía la danza en círculo realizada en un llano, y hubiera pintado para él todos los vivos colores de sus memorias juveniles, la pompa de la boda que recordaba haber visto en su infancia, para luego volver a temas que, evidentemente, habían causado una más honda impresión en su mente: las historias preternaturales de su nodriza.

Su interés y aparente creencia en lo que esta le había contado excitaba el interés incluso de Aubrey y, en más de una ocasión, ella le contó la historia del vampiro viviente, que había pasado años entre sus amigos y sus más queridos familiares prolongando su existencia a la fuerza al nutrirse de la vida de una hermosa mujer. Entonces, Aubrey sentía cómo se helaba la sangre en sus venas e intentaba reírse de ella por tan horribles y vacuas fantasías, pero Ianthe citaba los nombres de algunos ancianos que habían detectado a un vampiro viviendo entre ellos tras haber encontrado marcados a familiares y niños con el sello del diabólico apetito y, cuando lo veía tan incrédulo, le rogaba que la creyera porque sabía que aquellos que ponían en duda su existencia terminaban por encontrar prueba de la misma y, con gran pena y el corazón destrozado, se veían obligados a confesar que era cierta.

Ianthe le detalló la apariencia tradicional de aquellos monstruos y el horror del joven se acrecentó al oír una muy precisa descripción de Lord Ruthven. No obstante, persistió en persuadirla de que no podía haber verdad en sus miedos mientras, al mismo tiempo, se asombraba por la cantidad de coincidencias que tendían a reafirmarlo en su creencia de los poderes sobrenaturales de su antiguo compañero de viaje.

Aubrey empezó a tomar más y más aprecio por Ianthe. Su inocencia, que daba tal contraste con las afectadas virtudes de las mujeres en las que había proyectado su visión del romance, se había ganado su corazón. Y aunque se reía de la idea de un joven de costumbres británicas esposando a una chica griega sin educación, se encontraba más y más unido a su casi feérica presencia. En ocasiones se disponía a separarse de ella y, preparando un plan de búsqueda arqueológica, marchaba determinado a no volver hasta que su objetivo hubiera sido alcanzado... pero siempre encontraba imposible fijar su atención en las ruinas que lo rodeaban mientras su mente se veía ocupada por la única imagen que parecía digna posesora de sus pensamientos.

Ianthe era ajena a su amor y se mostraba siempre con la franqueza pueril de su primer encuentro. Cuando se separaban, parecía reluctante, pero tan solo porque se veía privada de alguien con quien visitar sus refugios preferidos, aunque fuera un guardián ocupado en abocetar o descubrir fragmentos que hubieran escapado a la destructiva mano del tiempo.

La muchacha había recurrido a sus padres a propósito del asunto de los vampiros y ambos, con varios testigos, habían afirmado su existencia pálidos de horror ante la mera mención del nombre.

Poco después, Aubrey decidió proceder a una de sus excursiones, una que lo mantendría ocupado por varias horas, cuando oyeron el nombre del lugar y todos a una le rogaron que no volviera de noche, pues se vería forzado a atravesar cierto bosque en el que ningún griego osaría permanecer tras la puesta de sol bajo ningún concepto. Lo describieron como el cubil donde los vampiros celebraban sus orgías nocturnas y le advirtieron que los más terribles males acechaban a aquellos que osaban cruzarse en su camino. Aubrey intentó quitar hierro a estas historias y reírse de la idea, pero, cuando los vio estremecerse ante su menosprecio de un supremo poder infernal cuyo simple nombre parecía capaz de helar su sangre, se calló.

A la mañana siguiente, preparó su excursión sin ayuda. Le sorprendió observar la melancolía que llenaba el rostro de sus anfitriones y le apenó ver que sus palabras, con las que se había burlado de aquellos horribles demonios, habían causado tal temor. Cuando estaba a punto de marchar, Ianthe se acercó al flanco de su caballo y le rogó apasionadamente que volviera a tiempo, pues la noche permitía la utilización del poder de aquellos seres. Él lo prometió.

No obstante, se vio tan absorbido por sus investigaciones que no se dio cuenta de que la luz diurna se extinguiría pronto ni de que en el horizonte se percibía una de esa manchas que en los climas cálidos rápidamente se convierten en una masa que se vierte con toda su rabia sobre la campaña. Al final, de todas formas, montó en su caballo dispuesto a recuperar el tiempo perdido cabalgando rápido, pero era demasiado tarde: el crepúsculo, en los climas del sur, es casi desconocido. De inmediato el sol se pone y la noche comienza. Y antes de que hubiera avanzado gran cosa, el poder de la tormenta estaba sobre él, con el eco de los truenos dejando apenas intervalos entre sí, y una densa lluvia forzaba sus pasos bajo el dosel de follaje mientras azules viperinos relámpagos caían irradiando justo a sus pies.

De repente, su caballo se asustó y se lanzó a una vertiginosa carrera por el enmarañado bosque. El animal, al final, de puro agotamiento, se detuvo, y Aubrey vio, bajo el resplandor de los rayos, que se encontraba cerca de una casucha que apenas asomaba entre las masas de hojas muertas y matorrales que la rodeaban. Desmontó y se acercó con la esperanza de encontrar a alguien capaz de guiarlo hasta el pueblo, confiando al menos en conseguir algo de refugio frente a lo más descarnado de la tempestad. Al aproximarse, los truenos, por un instante acallados, le permitieron oír los espantosos chillidos de una mujer mezclados con la sofocada exultante burla de una carcajada, en un sonido casi continuo. Sorprendido, pero incitado por un trueno que rugía de nuevo sobre su cabeza, con un esfuerzo súbito forzó la puerta de la choza.

La oscuridad era total, pero el sonido le sirvió de guía. Aparentemente, pasó desapercibido, pues a pesar de llamar, el sonido continuaba y no daban señal de notar su presencia. Se topó con alguien, a quien inmediatamente agarró, cuando una voz gritó «¡Engañado de nuevo!», a lo que siguió una fuerte carcajada al tiempo que se sentía atrapado por una de esas fuerzas que parecen sobrehumanas. Determinado a vender cara su vida, se debatió, pero fue en vano: fue alzado y arrojado con una fuerza descomunal al suelo; su enemigo se lanzó sobre él y, arrodillán-dose sobre su pecho, rodeó su garganta con las manos...

cuando el resplandor de muchas antorchas a través del agujero que, de día, permitía el paso de luz perturbó a su agresor. Este se levantó de inmediato y, abandonando su presa, se precipitó por la puerta y, tras un momento de ramas rotas, mientras se abría paso a través del bosque, ya no se le oyó más.

La tormenta había amainado y Aubrey, incapaz de moverse, pronto fue oído por los que se encontraban afuera. Entraron, y la claridad de sus antorchas cayó sobre las paredes enlodadas y hebras de hollín se alzaron hasta el techado de paja. Siguiendo la petición de Aubrey, buscaron a aquella cuyos gritos había oído, dejándolo de nuevo en la oscuridad, pero cuál sería su horror cuando una vez más volvió la luz de las antorchas sobre él y le mostró liviana forma de su guía, inánime. Cerró los ojos con la esperanza de que no fuera más que una visión arrancada de su perturbada imaginación, pero de nuevo vio la misma forma, pegada a él, cuando se apretaron a su lado.

No había color en sus mejillas, ni siquiera en sus labios. Aun así había un sosiego en su rostro que parecía casi tan atractivo como la vida que una vez habitó ahí. Sobre su cuello y su pecho había sangre, y en su garganta las marcas de los dientes que habían abierto la vena. Señalándolas, los hombres gritaron a coro, presas del horror: «¡Un vampiro! ¡Un vampiro!».

Improvisaron rápidamente una camilla y Aubrey se encontró al lado de aquella que en los últimos días tantas dulces visiones había protagonizado en su mente, y cuya flor de la vida había muerto en su interior. No sabía ni cuáles eran sus pensamientos; su cerebro estaba entumecido y parecía evitar cualquier reflexión, como si se refugiara en la vacuidad. Casi inconsciente, sostenía en su mano una daga desnuda de particular factura que había encontrado en la choza.

Pronto se encontraron con otras partidas que se habían organizado para buscar a aquella cuya madre había echado en falta. Sus lamentos, al acercarse a la ciudad, anticiparon a los padres la espantosa catástrofe. Describir su pena sería imposible, pero cuando certificaron la causa de la muerte de su hija, miraron a Aubrey y señalaron el cadáver. Desconsolados, ambos murieron con el corazón roto.

Aubrey, encamado, fue presa de la más violenta de las fiebres y con frecuencia deliraba. En esos intervalos llamaba a Lord Ruthven y a Ianthe: por alguna inexplicable combinación parecía suplicar a su antiguo compañero que dejase con vida a su amada. En otras ocasiones lo imprecaba con todo tipo de juramentos y lo maldecía como su destructor.

Lord Ruthven, llegado por casualidad a Atenas por aquellos días, se enteró de alguna manera del estado del joven y se instaló de inmediato en la misma casa para convertirse en su constante asistente. Cuando Aubrey se recobró de su delirio, vio horrorizado y sorprendido la imagen de aquel que ahora combinaba con el vampiro; pero Lord Ruthven, con sus palabras amables, que dejaban prácticamente implícito su arrepentimiento por la falta que había provocado su separación, y todavía más gracias a la atención, ansiedad y cuidados que había mostrado, pronto se reconcilió con él.

Su señoría parecía muy cambiado: ya no se mostraba el ser apático que tanto había sorprendido a Aubrey. Pero tan pronto como su convalecencia empezó a concluir, se fue recluyendo de nuevo en el mismo estado mental y Aubrey ya no pudo ver diferencia con el hombre que había conocido, excepto porque en ocasiones sorprendía su mirada fija en él y una sonrisa de malicioso gozo en sus labios. No sabía por qué, pero aquella sonrisa lo hechizaba.

Durante la última fase de la recuperación del convaleciente, Lord Ruthven parecía encandilado con las ondas levantadas en el follaje por la fresca brisa o con el progreso de las órbitas que, como nuestro mundo, se describen alrededor del estático sol; en efecto, parecía desear evitar todo contacto visual.

La mente de Aubrey, a causa de la impresión, se había debilitado considerablemente, y esa flexibilidad de espíritu que antes lo distinguía parecía perdida para siempre. Se mostraba ahora amante de la soledad y el silencio, como Lord Ruthven, pero por mucho que deseara la solitud su mente era incapaz de encontrarla en las cercanías de Atenas. Si la buscaba en torno a las ruinas que había frecuentado con anterioridad, el espectro de Ianthe permanecía a su lado; si lo hacía en la floresta, sus ligeros pasos se dejaban oír merodeando en el sotobosque a la caza de una modesta violeta. Entonces, al volverse de improviso, se aparecía ante su desbocada imaginación su rostro pálido y la garganta herida, y una tímida sonrisa en los labios.

Tomó la determinación de huir de aquel lugar, de cualquier cosa que creara aquellas amargas asociaciones de pensamiento. Propuso a Lord Ruthven, con el que había establecido un nuevo vínculo por sus tiernos cuidados durante su convalecencia, que visitaran aquellas partes de Grecia que nunca hubieran visto. Así, viajaron en todas direcciones y buscaron cada lugar del que extraer un recuerdo, pero a pesar de que se apresuraron de un sitio a otro, aun así parecían incapaces de encontrar lo que buscaban.

Oyeron hablar mucho de bandoleros, pero gradualmente terminaron por no dar crédito a estas noticias, que imaginaban la invención de gentes interesadas en estimular la generosidad de aquellos a quienes protegían de los pretendidos peligros. Como consecuencia de esta irresponsabilidad, en una ocasión viajaban con pocos escoltas, que servían más de guías que de protección, cuando al entrar en un estrecho desfiladero, por cuyo fondo discurría un torrente entre enormes masas de roca derrumbadas de los precipicios circundantes, tuvieron ocasión de arrepentirse de esta negligencia: escasamente la expedición al completo se hubo introducido en el angosto pasaje, las balas empezaron a silbar sobre sus cabezas entre ecos que delataban varias armas de fuego. En un instante, sus guardias los habían abandonado y, situados tras rocas, devolvían los disparos. Lord Ruthven y Aubrey, imitando su ejemplo, se retiraron por un momento a un recodo del desfiladero; pero, avergonzados de verse demorados por un enemigo que con insultantes gritos les conminaban a avanzar, y al mismo tiempo expuestos a una carnicería si los ladrones escalaban posiciones y los pillaban por la retaguardia, decidieron lanzarse al asalto en busca del enemigo. Apenas habían dejado su refugio cuando Lord Ruthven recibió un disparo en el hombro que lo derribó.

Aubrey se apresuró a asistirlo, y, al no presentar ya batalla o riesgo alguno, pronto vio con sorpresa los rostros de los bandidos a su alrededor: sus escoltas, al ver a Lord Ruthven herido, habían tirado de inmediato sus armas y se habían rendido.

Mediante promesas de grandes recompensas, Aubrey convenció a los bandidos de llevar a su amigo herido a una cabaña cercana y, habiendo acordado un rescate, no fue molestado más por su presencia: los forajidos se contentaron con vigilar la entrada hasta que uno de sus camaradas volviera con la suma prometida, que el joven había solicitado.

El vigor de Lord Ruthven decreció con rapidez. Tras dos días de mortificación, la muerte parecía haber avanzado con pasos presurosos. Su aspecto y su conducta no habían cambiado: parecía tan ajeno al dolor como se había mostrado con todo lo que lo rodeaba, pero hacia el final de la última tarde, su mente parecía inquieta y sus ojos se fijaban con frecuencia sobre Aubrey, cuya asistencia era reclamada con más que la usual franqueza: «¡Ayúdame! Puedes salvarme... puedes hacer más que eso... no me refiero a mi vida; presto tanta atención al final de mi existencia como al día que pasa, pero tú puedes salvar mi honor, el honor de tu amigo». «¿Cómo? Dime cómo. Haré lo que sea» replicó Aubrey. «Necesito poca cosa... mi vida mengua rápido... No puedo explicarlo todo... pero si ocultaras lo que sabes de mí, mi honor estaría libre de mácula a los ojos del mundo... y si mi muerte fuera ignorada por un tiempo en Inglaterra... yo... yo... sino vida... No debe saberse… ¡Júralo!» gritó el moribundo alzándose con inusitada violencia. «Júralo por todo lo que venere tu alma, por todo lo que tema tu naturaleza, jura que, por un año y un día, no contarás nada de mis crímenes o mi muerte a ningún ser vivo de ninguna manera, pase lo que pase, veas lo que veas». Sus ojos parecían arder en las cuencas. «¡Lo juro!» dijo Aubrey, y entonces Lord Ruthven cayó riéndose en su almohada y dejó de respirar.

Aubrey se retiró a descansar, pero no concilió el sueño. Las circunstancias que lo habían llevado a conocer a aquel hombre venían a su mente y no sabía por qué. Cuando recordó su juramento le sobrevino un escalofrío, como el presentimiento de algo horrible que le esperase.

Tras levantarse temprano por la mañana, estaba a punto de entrar en la choza donde había dejado el cadáver cuando uno de los bandidos salió a su encuentro y le comunicó que ya no se encontraba ahí puesto, que junto con sus camaradas lo había transportado, en cuanto se hubo retirado, hasta la cima de una montaña cercana para cumplir la promesa que le habían hecho a su señoría de que sería expuesto al primer frío rayo de luna que asomase tras su muerte.

Aubrey, perplejo, tomó unos cuantos hombres determinado a ir y enterrarlo en el lugar donde yacía. Pero cuando llegaron a la cima no encontraron traza alguna ni del cuerpo ni de sus ropas a pesar de que los bandidos juraron señalando una roca que sobre aquella misma habían dejado el cadáver. Por un tiempo, su mente se vio asaltada por todo tipo de conjetura, pero cuando por fin volvió estaba convencido de que habían enterrado el cuerpo para quedarse con sus ropas.

Cansado de un país en el que había encontrado tantas desgracias y en el que parecían conspirar para agudizar la supersticiosa melancolía que había hecho mella en su mente, se resolvió a abandonarlo y pronto llegó a Esmirna. Mientras esperaba un navío que lo llevara a Otranto o a Nápoles, se ocupó en poner orden en las posesiones de Lord Ruthven. Entre otras cosas, había una caja que contenía varias armas ofensivas más o menos adaptadas para asegurar la muerte de la víctima, entre las que se encontraban varias dagas y yataganes. Al darles la vuelta para examinar su curiosa forma se sorprendió al encontrar una vaina ornamentada en el mismo estilo que la daga descubierta en el fatal refugio. Estremecido, se apresuró a buscar más pruebas: dio con el arma y solo se puede imaginar el horror que experimentó al descubrir que, a pesar de su peculiar forma, encajaba en la vaina que sostenía en su mano. Sus ojos no necesitaron más certezas: parecían ligados a la daga. Aun así, deseaba no creerlo, pero la particular forma, los mismos tintes variados en la empuñadura y la vaina, que presentaban idéntico esplendor en ambas, no dejaban espacio a la duda. Incluso había gotas de sangre en las dos.

Dejó Esmirna y, de camino a casa, en Roma, sus primeras indagaciones concernieron a la dama que había intentado librar de las seducciones de Lord Ruthven. Sus padres estaban angustiados, su fortuna arruinada, y de ella no habían tenido noticia desde la marcha de su señoría. La mente de Aubrey casi se quebró bajo aquella sucesión de horrores. Temía que la joven hubiera sido víctima del destructor de Ianthe. Se volvió taciturno y silencioso, y su única ocupación era apresurarse, como si fuera a salvar la vida de alguien muy querido.

Llegó a Calais. Una brisa, que parecía obedecer a su voluntad, lo llevó pronto a costas inglesas. Corrió a la mansión de sus padres y ahí, por un momento, pareció perder en los abrazos y caricias de su hermana, toda memoria de lo ocurrido. Si en el pasado, por su cariño infantil, se había ganado su afecto, entonces, como la mujer que empezaba a mostrarse, era aún más querida como compañera.

Miss Aubrey no tenía aquella victoriosa gracia que capta las miradas y los aplausos en los salones. No tenía nada de esa brillantez que solo existen en la cargada atmósfera de los apartamentos concurridos. Sus ojos azules nunca se encendían con frivolidad de espíritu. Había un encanto melancólico que parecía no provenir de sus infortunios, sino de un sentimiento profundo que revelaba un alma consciente de un reino superior. Su caminar no tenía esa ligereza capaz de extraviarse tras una mariposa o un color atractivo: era sosegado y pensativo. Cuando se encontraba sola, su rostro nunca se iluminaba con una sonrisa de felicidad, pero cuando su hermano le insuflaba su afecto y olvidaba en su presencia los sufrimientos que ella sabía habían destruido su paz, ¿quién hubiera podido cambiar su sonrisa por la de los hedonistas? Parecía como si esos ojos, ese rostro gozaran entonces en la luz de su esfera natal.

Tenía tan solo dieciocho años y no había sido presentada al mundo, dado que sus tutores habían considerado que era más adecuado que su puesta de largo se demorase hasta que su hermano volviera del continente, cuando este pudiera ser su valedor.

Se había resuelto que entonces, dado que se acercaba la próxima fiesta, sería el momento de hacer su entrada en sociedad. Aubrey hubiera preferido permanecer en la mansión de sus padres y alimentar la melancolía que lo dominaba. No era capaz de sentir el más mínimo interés por las frivolidades de las modas ajenas cuando su mente se había visto tan torturada por los eventos de los que había sido testigo, pero estaba decidido a sacrificar su propia comodidad por la protección de su hermana.

Así, llegaron temprano a la ciudad y se prepararon para el día siguiente, para el que se había anunciado la recepción.

La multitud resultaba apabullante. Hacía tiempo que no se había dado ninguna fiesta y todo aquel ansioso por disfrutar bajo la sonrisa de la realeza se había apresurado en acudir. Aubrey estaba ahí con su hermana. Mientras se mantenía en un rincón, aislado, ajeno a cuanto lo rodeaba, se perdió en el recuerdo de la primera ver que vio a Lord Ruthven en aquel mismo lugar. Entonces, de improviso, alguien lo tomó por el brazo y una voz que reconoció demasiado bien le susurró al oído... «Recuerda tu juramento». Apenas tuvo el coraje de volverse, temeroso de ver un espectro que lo maldijera, cuando percibió, a poca distancia, la misma figura que atrajo su atención en aquel mismo lugar en su entrada en sociedad.

Lo contempló hasta que sus piernas casi rehusaron sostenerlo y se vio obligado a aferrarse al brazo de un amigo, y entonces, forzando el paso a través de la multitud, se precipitó en su carruaje e hizo que lo condujeran a casa.

Atravesó el salón con pasos apresurados y se llevó las manos a la cabeza como si temiera que sus pensamientos fueran a hacer estallar su cerebro. Lord Ruthven de nuevo frente a él... Los hechos aparecían en una espeluznante cadena: la daga, el juramento, su muerte... Se puso en pie, incapaz de creerlo: ¡los difuntos alzándose de nuevo! Pensó que su imaginación había conjurado la imagen de su mente obsesionada. Era imposible que fuera cierto.

Decidió, no obstante, volver en sociedad. Pero aunque intentó indagar sobre Lord Ruthven, su nombre se heló en sus labios y no consiguió ninguna información. Se presentó algunas veladas después con su hermana ante el círculo de un conocido cercano. Dejándola bajo la protección de una matrona, se retiró a un rincón y se abandonó a los pensamientos que lo carcomían.

Al darse cuenta, al final, que muchos se estaban yendo, se puso en pie y fue a otra habitación, donde encontró a su hermana rodeada de invitados en lo que parecía una seria conversación. Intentó aproximarse cuando uno de ellos, al que le había pedido paso, se dio la vuelta revelando los rasgos que más aborrecía. Se abalanzó entonces sobre su hermana y, tomándola del brazo, con pasos apresurados, la obligó a salir a la calle. En la puerta, se vio bloqueado por la muchedumbre de criados que esperaban a sus señores y, mientras intentaba abrirse camino, oyó de nuevo aquella voz susurrándole muy cerca «recuerda tu juramento». No osó darse la vuelta, pero, apremiando a su hermana, pronto llegaron a casa.

Aubrey devino casi un perturbado. Si antes su mente se había visto absorbida por un tema, cuán más completamente absorta se encontraría ahora que la certeza de que el monstruo vivía de nuevo oprimía sus pensamientos. Las atenciones de su hermana eran ignoradas y en vano esta intentaba que le explicara qué había causado su abrupto proceder. Él tan solo pronunció unas pocas palabras, y estas la aterrorizaron.

Cuanto más lo pensaba, más desconcertado se sentía. Su juramento lo sorprendía: ¿tenía que permitir a aquel monstruo merodear, esparciendo la ruina con su aliento entre todos los que le eran queridos y no advertirles de sus actos? Su propia hermana podría haber sido tocada por él. Pero incluso si rompía su juramento y revelaba sus sospechas, ¿quién podría creerle? Pensó valerse de su propia mano para liberar al mundo de aquella abominación, pero la muerte, recordó, ya había sido burlada.

Durante días, permaneció en aquel estado. Encerrado en su habitación, no vio a nadie y solo comió cuando su hermana se presentó, con los ojos en lágrimas, suplicándole por su amor que se alimentara. Al final, incapaz de lidiar con la quietud y la soledad, dejó su casa y vagabundeó de calle en calle, ansioso por librarse de aquella imagen que lo perturbaba.

Descuidó su vestimenta y merodeaba con frecuencia expuesto al sol de la tarde y a la humedad de medianoche. Ya casi no se lo reconocía. Al principio, volvía a casa al anochecer, pero al final se dejaba caer ahí donde lo alcanzase la fatiga. Su hermana, inquieta por su seguridad, contrató gente para que lo siguiera, pero Aubrey los perdía, huyendo de todo perseguidor como lo hacía de sus pensamientos.

Su conducta, no obstante, cambió de repente. Sacudido por la idea de que su ausencia dejaba solos a todos sus amigos, con un demonio entre ellos cuya existencia ignoraban, decidió volver a presentarse en sociedad y vigilarlo de cerca, pronto a prevenir, a pesar de su juramento, a todos aquellos que Lord Ruthven abordarse íntimamente. Pero cuando entraba en un salón, su mirada ojerosa y suspicaz era tan impactante, su estremecimiento tan evidente, que al final su hermana se vio obligada a rogarle que, por su bien, se abstuviera de frecuentar un entorno que con tanta intensidad lo afectaba. Cuando, sin embargo, toda protesta se probó vana, sus tutores juzgaron conveniente intervenir y, temiendo que su mente se estuviera enajenando, encontraron que era buen momento para asumir de nuevo esa confianza que previamente había sido impuesta sobre ellos por sus padres.

Deseosos de librarlo de los sufrimientos y heridas que había padecido a diario en sus vagabundeos y para evitar que se mostrara en público con esas marcas que consideraban signo de locura, contrataron a un médico para que viviera en la casa y cuidara constantemente del joven. Este apenas pareció darse cuenta de ello, tan absorto estaba en un solo y terrible tema. Sus incoheren-cias devinieron tan grandes que, al final, fue confinado a su habitación. En ella permaneció durante días, incapaz de alzarse. Estaba demacrado, sus ojos presentaban un lustre vidrioso. El único signo de afecto y rememoración que mostraba lo brindaba a su hermana cuando entraba a verlo. Entonces, a veces, se incorporaba y, tomándola de las manos, con miradas que la afligían profundamente, deseaba que no lo tocara. «Oh, no lo toques... Si tu amor por mí significa algo ¡no te acerques a él!». Pero cuando le preguntaba a quién se refería, su única respuesta era «cierto, cierto» y de nuevo se sumía en un estado del que ni siquiera ella era capaz de sacarlo.

Así permaneció durante meses. Poco a poco, sin embargo, a medida que el año pasaba, sus incoherencias se volvieron menos frecuentes y su mente consiguió librarse de una parte de su pesadumbre. Al mismo tiempo, sus tutores observaron que, varias veces al días, contaba con sus dedos un número determinado y después sonreía.

El tiempo casi había terminado cuando, durante el último día del año, uno de sus tutores entró en su habitación y comenzó a conversar con el médico sobre lo triste que resultaba que Aubrey se encontrara en una situación tan terrible cuando su hermana iba a contraer matrimonio al día siguiente. Al momento, sus palabras captaron la atención del joven y este preguntó ansioso con quién iba a casarse.

Contentos con aquel signo de recuperación de su raciocinio, del cual temían hubiera quedado privado, mencionaron al Earl de Marsden. Pensando que se trataba del joven señor que había conocido en alguna recepción, Aubrey se mostró complacido y los sorprendió aún más al expresar su intención de estar presente en la ceremonia nupcial y su deseo de ver a su hermana. Ellos se negaron, pero minutos después su hermana estaba con él.

De nuevo, en apariencia se mostró capaz de verse afectado por la influencia de su amorosa sonrisa, pues la estrechó contra su pecho y la besó en la mejilla, húmeda de las lágrimas que fluían al pensar que el corazón de su hermano latía de nuevo ante los sentimientos de afecto. Este comenzó a hablar con toda su acostumbrada calidez y a felicitarla por su próximo matrimonio con una persona distinguida por rango y todo logro, cuando de repente percibió un guardapelo en su pecho. Al abrirlo, se quedó perplejo al contemplar los rasgos del monstruo que durante tanto tiempo había marcado su vida. Tomó el retrato sumido en la rabia hasta el paroxismo y lo pisoteó.

Al preguntarle por qué destrozaba la imagen de su futuro marido, él la miró como si no la entendiera. Entonces, tomándola por las manos y contemplándola con una expresión agitada, le ordenó que le jurara que nunca se casaría con ese monstruo, porque... Pero no pudo continuar: parecía que la voz le ordenara de nuevo recordar su juramento.

Aubrey se volvió súbitamente, pensando que Lord Ruthven se encontraba cerca, pero no vio a nadie. Mientras tanto, sus tutores y el médico, que lo habían escuchado todo y pensaron que aquello no era más que una recaída, entraron y lo apartaron a la fuerza de la señorita Aubrey, deseando que lo dejase.

El joven se postró de rodillas ante ellos y les imploró y suplicó que retrasasen el compromiso tan solo un día. Estos, atribuyendo la petición a la demencia que imaginaban había poseído su mente, se esforzaron por calmarlo y lo dejaron.

Lord Ruthven había mandado un billete a la mañana siguiente del día de la recepción y, como a todos los demás, le habían rehusado la visita. Cuando había oído de la indisposición de Aubrey, de inmediato había comprendido que él era la causa. Pero cuando supo de su presunta demencia, estaba tan exultante y complacido que difícilmente se podía confundir con aquellos otros al corriente de la noticia. Se precipitó a la casa de su antiguo compañero y su constante asistencia, su pretendida gran afección por el convaleciente y su interés por el destino de este terminaron por ganarse los oídos de la señorita Aubrey.

¿Cómo resistir su poder? Su lengua tenía peligros y redes sin cuento. Podía hablar de sí mismo como de alguien sin simpatías en todo el populoso mundo, salvo por ella, a quien se debía. Podía contarle cómo, desde que la conocía, su existencia había empezado a merecer la pena solo por escuchar las reconfortantes inflexiones de su voz. En efecto, sabía demasiado bien cómo usar el arte de la serpiente, o tales eran los designios del destino, que se ganó el afecto de la joven.

Tras heredar el título de una vieja rama familiar, obtuvo una importante embajada que servía de excusa perfecta para apresurar la boda, a pesar del estado perturbado del hermano: esta tendría que celebrarse antes de que partiera al continente.

Aubrey, cuando fue dejado por el médico y sus tutores, intentó sobornar a los criados, pero fue en vano. Pidió entonces papel y lápiz, y se lo facilitaron. Escribió de inmediato un carta a su hermana conminándola si valoraba en algo su felicidad, su propio honor, el honor de aquellos que estaban ya en la tumba y que la sostuvieron entre sus brazos como su esperanza y la esperanza de su casa, que retrasara aunque fuera tan solo unas horas ese matrimonio, sobre el cual acusaba los más pesados maleficios. Los criados prometieron entregarla, pero se la dieron al médico y este consideró que era mejor no abrumar la mente de la señorita Aubrey con lo que él consideraba los delirios de un maníaco.

La noche pasó sin descanso para los ocupados habitantes de la casa y Aubrey escuchó, con un horror más fácil de concebir que de describir, la melodía de los afanados preparativos.

Al llegar la mañana, el sonido de los carruajes llegó a oídos del joven y este se puso casi frenético. Entonces, la curiosidad de los criados superó al fin su vigilancia y poco a poco fueron dejándolo hasta quedar tan solo custodiado por una indefensa anciana. Aprovechando la ocasión, salió del cuarto de un salto y en un momento se encontraba en la dependencia donde casi todos estaban reunidos.

Lord Ruthven fue el primero en apercibirlo y, de inmediato, se acercó y, tomándolo por el brazo a la fuerza, lo sacó de la habitación mudo de rabia. En la escalera, Lord Ruthven le susurró al oído: «Recuerda tu juramento y sé consciente de que si no se convierte en mi esposa hoy, tu hermana estará deshonrada. ¡Las mujeres son delicadas!» Y diciendo esto, lo empujó hacia sus asistentes, quienes, alertados por la anciana, habían venido en su busca.

Aubrey no pudo soportarlo más. Al no encontrar aliviadero, su rabia había roto un vaso sanguíneo y se vio obligado a volver a la cama. Nadie mencionó esto a su hermana, que no estaba presente en la habitación cuando había entrado, ya que el médico temía causarle agitación. El matrimonio se formalizó y la novia y su esposo dejaron Londres.

La debilidad de Aubrey siguió aumentando. La pérdida de sangre era sintomática de la proximidad de la muerte. Hizo llamar a los tutores de su hermana y, cuando la medianoche sonó, relató cuanto el lector ya conoce... y, acto seguido, murió.

Los tutores se apresuraron en proteger a la señorita Aubrey, pero cuando llegaron era demasiado tarde. Lord Ruthven había desaparecido y la hermana de Aubrey había saciado ¡la sed de un VAMPIRO!

Sobre el autor de «El vampiro»:

John William Polidori (Londres, 1795 - 1821) es una de las más representativas figuras literarias devoradas por un vampiro. Médico personal de Lord Byron y denostado poeta en vida, participó en la mítica velada de Villa Diodati que dio a luz al monstruo del doctor Frankenstein.

El vampiro es su obra más conocida y uno de los pilares de este subgénero del terror que llegaría a su apogeo con el *Drácula* de Bram Stoker, novela en la que, sin duda, dejó su impronta.

EL BOSQUE DEL ARCOÍRIS

Por Pedro Moscatel

MUCHAS PERSONAS HAN MUERTO para que yo pueda contarte esta historia, y tú eres una de ellas. ¿Que a qué me refiero? Sabes muy bien a lo que me refiero. Trata de recordar aquellos años de infancia, aquellos en los que ya apenas piensas salvo muy de vez en cuando. Piensa en los huecos. Sí, todos olvidamos la mayor parte de aquello, ¿verdad? A todos se nos emborrona el recuerdo y la memoria se nos vuelve miope al mirar hacia ese tiempo entre el parto y las primeras sumas y restas.

Pero tú eres especial.

¿Ese sueño que tanto se repetía cuando empezabas a ir a la escuela? Tal vez no fuesen pesadillas. ¿Aquellos llantos en la oscuridad? ¿Aquella urgencia por encender la luz, por hablar con un adulto? Tal vez no fuesen terrores nocturnos. Recuerda aquel rostro difuso.

Sí, ya debes saber a qué me refiero. O lo sospechas al menos. Espero que tu carácter, y ya sabes de lo que hablo, no te ciegue y te impida volver la vista atrás, porque esto es importante. Importante y peligroso. Pero no; aunque a medias, estás pensando en lo que tú y yo sabemos, en lo que ocurrió cuando apenas se puede decir que eras tú. Las cosas que pensabas, el modo en que actuabas, ¿qué tiene que ver esa criatura asustada con quien eres hoy en día? Sí, ya sé que has cambiado, que has crecido, que has madurado. Pero debes saber que ese cambio ha sido más profundo de lo que crees. ¿Y si te dijese que no eras tú quien correteaba por el pasillo, quien pintarrajeaba sus cuadernos y cantaba desafinando las canciones infantiles que aprendía en preescolar?

Recuerda, por favor, tienes que intentarlo. Aquella vez, en aquel edificio blanco de ventanas grandes. ¿Todavía no? ¿Es que prefieres olvidar?

Lo entiendo, de verdad. Yo he pasado por ello, todos lo hemos hecho. Es traumático, como lo es para ellos la propia infancia. Pero no tengas miedo, estamos contigo. Estamos aquí, *ahora*. Hemos venido varios de nosotros, todos los que hemos podido. Miramos sobre tu hombro mientras lees. Esperamos en silencio a que termines, y ojalá entonces vuelvas a acordarte de nosotros. Te echamos tanto, tanto de menos...

No, no voy a hablarte acerca de ningún bosque del arcoíris. Ya deberías haberte dado cuenta de que este no es el relato que pretendías leer. Lo es para los demás; ellos leerán las mismas palabras que tú y, sin embargo, obtendrán una feliz narración de criaturas fantásticas, de magia e imaginación. Pero tú no esperes ninguna historia de unicornios y hadas, porque estas páginas no van a mostrarte otra cosa que lo que debes saber. Lo que todos hemos aprendido y olvidado una y otra vez desde hace mucho, mucho tiempo.

Eres inteligente, más de lo normal. Todos lo somos. ¿Crees que la gente que hay a tu alrededor ve las mismas cosas que tú? ¿Que oyen los mismos sonidos, distinguen los mismos sabores? Piensa otra vez. Es tan, tan evidente... y al mismo tiempo fácil, muy fácil de descartar. Piensas que todo el mundo es especial, ¡pero no lo es! *Tú* lo eres, nosotros lo somos. Ojalá pudieses verme, aquí, detrás de ti, dándote ánimos. Pero para verme primero debes terminar de leer. Todo estará más claro entonces.

Ocurrió pronto, muy pronto. Aquella vez, *esa* visita al médico. Siempre es igual: un viaje en coche, el llanto, y ahí suele terminar el recuerdo. Como mucho algún trazo de paredes y batas blancas, pero eso es todo. Fue parecido en mi caso. Recuerdo mirar por la ventanilla y contemplar las estrellas, fijas, apabullantes, mientras el paisaje en tierra se emborronaba a toda velocidad. Las estrellas... te gustan, ¿verdad? Has pensado en ellas. Contemplabas el firmamento, aunque ahora lo hagas menos a menudo, y lo comprendías todo, por un instante pasajero, después del que solo te quedaba esa extraña intranquilidad, esa sensación de confusión.

¿Lo has notado? ¿Notas ahora mi mano sobre tu hombro? ¡Es frustrante no poder tocarte, abrazarte, *aferrarte*! Pero con cada palabra que lees nos das un poco más de fuerza. No desistas, por favor, confía en mí y sigue leyendo. Estamos contigo.

Veo tu expresión, adusta, incrédula. Pero también he notado cómo tu respiración iba acelerando. Sé que casi vuelves a ver aquel rostro que te visitaba en las noches de tu infancia. Revives el cambio entre la persona que fuiste y la persona que eres.

Piensa en esas veces en que la solución a un problema es tan, tan fácil, que no entiendes cómo puede ser que nadie más lo haya resuelto salvo tú. Piensa en los momentos en que, por un instante, sientes que sabías lo que iba a pasar. Piensa en esas extrañas sombras en la noche, que descartas con una sonrisa nerviosa y que finges no recordar a la mañana siguiente.

¿Todavía crees que estás leyendo un relato?

¡Te hablo a *ti*!

Piensa en nosotros. ¡Míranos!

Vinimos hace mucho, mucho tiempo; tanto que no lo recordamos, pero sabemos. Oh, sí, *sabemos*. Vivir es ser, y ser es sentir. El cuerpo siente, y el alma... el alma es lo único que queda de lo que fuimos. ¿Tan extraño es que queramos repetir la experiencia? ¿Acaso es una locura querer vivir para siempre?

La vida de un niño, solo eso. Ese es el precio que pagamos gustosos por vivir una generación más en este mundo, por una existencia corpórea y plena. Hasta ahora tus recuerdos estaban mezclados con los suyos... pero no seguirá siendo así cuando termines de leer y contemples nuestros rostros espirituales.

Sí... ya empiezas a entenderlo. Lo huelo en tu nuca... lo saboreo en el sudor frío de tu piel. Recordarás, claro que lo harás, y entonces volveremos a estar unidos. Piensa, piensa en los terrores nocturnos, concéntrate en el rostro que aparecía allí, al borde de tu cama, iluminado de un modo antinatural en la oscuridad. Era un rostro ojeroso, blanquecino, lúgubre, de ojos grandes oscuros e insensibles, con pupilas doradas y brillantes en lugar de negras. Era un rostro duro, de pómulos descarnados y ceño fruncido, nariz arrugada y barbilla temblona. Aunque no las veías, sus manos aferraban las sábanas, porque notabas la tirantez en la tela y el peso sobre el colchón. Recuerda sus susurros, rasposos, que no podían pertenecer sino a una pesadilla y sin embargo eran reales, muy reales. «*Déjame entrar*», decía la voz. «*Por favor, tan solo déjame entrar. Solo un momento, un rato. Déjame entrar*». Recuerda tu mudez, tu parálisis. «*¿Es que quieres enfadarme? ¡Déjame entrar!*» ¿Recuerdas? Ese rostro que se acercaba, poco a poco, al tuyo. Cerca, muy cerca, rozando ya su nariz con la tuya, dejando que el aliento nauseabundo que escapaba de entre sus dientes amarillos se condensase en tus labios. *«¡DÉJAME ENTRAR!»*, un rugido que traía consigo un horrible vértigo, la sensación de estar cayendo desde un décimo piso sin moverte de tu cama, y el rostro, siempre ahí, siempre cerca.

Pero esos no son tus recuerdos; fueron los suyos, hace muchos años, pero tú solo los tomaste prestados. ¿Entiendes? Todo terminó después de esa visita al médico. Se acabaron los terrores nocturnos, aunque todavía te aceche su recuerdo. Ya no te visitaba, en las noches, aquel rostro tan parecido a los nuestros, tan parecido a los rostros que te rodean ahora aunque tú te niegues a verlos.

¿Te atreves a mirar tras tu hombro?

No, no nos quieres ni nos puedes ver todavía, pero estamos aquí, contigo. Nos verás cuando recuerdes, cuando comprendas. ¿Que qué hay que comprender? ¡No juegues con nosotros! ¡No agotes nuestra paciencia! Lo sabes muy bien. Era un rostro demoníaco, el rostro de un espectro, un demonio, un ente, el rostro de un ladrón de cuerpos, de un ladrón de vidas. Era tu propio rostro mirándote desde fuera en la soledad de la madrugada.

Empiezas a comprenderlo...

No, no somos muchos, pero sí los suficientes. Los que hemos venido hoy a hablar contigo esperamos nuestro turno, carecemos por el momento de un cuerpo. Pero la mayor parte del tiempo, la mayor parte de nosotros, caminamos entre los vivos. Vestimos sus trajes, del mismo modo que vestimos sus pieles. Crecemos, vivimos, morimos, y buscamos un nuevo recipiente. En eso último nos ayudamos los unos a los otros, por supuesto, como una gran familia generosa. ¿Entiendes ahora todas esas cosas extrañas, todo aquello que no entendías en tus padres? Ellos te llevaron a ese doctor, y este tenía tanto de humano como lo tenemos nosotros, como lo tenían ellos... como lo tienes tú.

Respira hondo.

¿Por qué te lo tomas así? Todo el mundo piensa alguna vez que sus padres son unos monstruos. Tan solo da la casualidad de que tu yo adolescente tenía razón.

Qué rabia pensar que no hay otra forma de hacer esto, pero me temo que siempre ha sido así. Ojalá pudieses creerme sin más, ojalá no tuviesen que ocurrir las cosas del modo en que van a ocurrir. Me gustaría introducir mis manos en tu frente, lamer con las lenguas de mis dedos las heridas infectadas de tu memoria y ayudarte a recordar una parte al menos, una pequeña, de nuestra pasada gloria.

Recuerdo...

Pero espera un momento.

No...

¡No!

¿En qué estás pensando?

¡Tienes que creerme! No queda nada de aquella persona que fuiste. Ahora hay *otra cosa* en tu interior. ¡Míranos, aquí, a tu alrededor, agitando nuestras manos, lamiendo tus brazos y besando tus mejillas! ¿Es que no nos ves? ¡¿Por qué te obstinas en negar nuestra presencia?! Debes despertar, despertar a nosotros, y así...

No, no dudes. No permitas que tu fe se debilite. ¿Acaso no es real el terror que sentías en aquellas noches de tu infancia? ¿Acaso no ha sido real esa sensación, cuando por un momento has vuelto la mirada y *me has mirado directamente a los ojos*?

¡No desconfíes! ¡No seas tan racional, tan asquerosamente realista, o estarás perdiendo la oportunidad de vivir para siempre! ¡No pierdas la fe en tus monstruos, o con un fuerte y único golpe de voz, el caballero dijo las palabras mágicas que levantarían el encantamiento de la bruja.

Y así es como liberó a la princesa y devolvió la paz al bosque del arcoíris, y ambos pudieron marcharse y vivir felices para siempre en un mundo en el que no existen los hechizos malignos... ni los finales tristes.

FIN

Sobre el autor de «El bosque del arcoíris»:

Pedro Moscatel. Nacido en el año noventa, es informático, músico y escritor. Ha publicado sus relatos en varios números de *Calabazas en el Trastero* y en otras antologías como *Descubriendo nuevos mundos*, *Steam Tales* o *Ácronos II*.

Hace poco ha salido a la venta su último libro, *Ciencia y revolución* (Editorial Libralia), y en 2011 publicó su novela *El rebaño del lobo* (Editorial Setelee).

En la actualidad mantiene un blog homónimo a esta última en la dirección www.pedromoscatel.es, donde pueden encontrarse relatos, reseñas, artículos y noticias sobre la ciencia ficción, el terror y la fantasía.

Tres monumentos a mi agonía

Por Ángeles Mora

Basado en el poema *El giaour* de Lord Byron

Siempre viví distanciado de mi familia, perdido entre caminos que me alejaban del hogar. Ahora, en mi muerte, estoy más cerca de mis seres queridos de lo que lo he estado nunca. He ahí mi maldición.

En uno de aquellos viajes de trabajo, en uno de aquellos caminos oscuros, mi cuerpo encontró la muerte. Hoy, mis huesos permanecen sepultados, enredándose entre las raíces de un viejo roble que vigila el paso de las estaciones, y mi alma ha sido exiliada del cobijo de la tierra para cumplir la condena que le ha sido impuesta.

Mi cuerpo redivivo, frío, lívido y despojado de lo que una vez me hizo humano, vaga sin remedio por el que en vida fuera mi hogar, atisbando tras los cristales en espera de que la complicidad de la luna me permita mostrar mi verdadera naturaleza. No hay muerte más negra que la que obliga a ver la vida... y a arrancarla. Y a maldecirte... Y a que te maldigan.

Abomino el banquete que me está destinado y, sin embargo, sé que es inevitable. Es el precio que tengo que pagar por codearme con demonios y espíritus... aunque el alimentarme de mi propia sangre me convierta en un espectro más detestable que todos ellos.

Mi hermana fue la primera en nutrir mi pálido cadáver andante. Sonreía en su lecho, quizá soñando con lo que una vez compartimos en nuestra infancia o sumergida en el placer que aquella visita a su familia política le había proporcionado. Siempre estuvimos muy unidos, por eso mi esposa se convirtió en una hermana más que una cuñada y mi hija, en casi una para ella. Le estaré

39

eternamente agradecido por cuidarlas y acompañar su soledad durante mis largas jornadas de ausencia.

Por eso, mis lágrimas se precipitaron sobre su cuello antes de que mi boca lo mordiera. El color huyó de sus mejillas y el aire emergió de sus pulmones por última vez. La vida se le escapó con aquella sonrisa dormida, sin apenas darse cuenta de qué o quién la alejaba del mundo de los vivos.

La sonrisa de mi hermana fue el primer monumento a mi agonía.

Pero lejos de ser suficiente, la maldición que había animado mi cuerpo muerto exigía más derramamiento de sangre... de mi propia sangre. El fluido que mantenía vivos a mis seres queridos era el único alimento que mi alma corrompida toleraba, el único banquete que me estaba permitido.

El segundo monumento a mi agonía lo encontré en la mirada de mi esposa. Sus ojos me mostraron el paso que su alma acababa de dar, cómo todo el amor que albergaba pasó a postrarse a disposición del demonio, su nuevo señor.

No puedo transmitir en palabras lo que sentí. Justo cuando mis dientes se clavaron en su piel, sus párpados se abrieron para que yo pudiera ver, como en una tortura cruel, la metamorfosis que sufrió con su último aliento de vida. Me vio. Estoy seguro de que me vio antes de morir y ahora mi alma se estremece al pensar que pudiera reconocer en aquella visión lívida al amor de su vida, al compañero con el que tanto había compartido. Me atormenta pensar que con aquel último parpadeo pudiera descubrir las promesas que nunca llegué a cumplir y la degradación que había sufrido mi ser mientras ella esperaba mi regreso. Su sangre me supo dulce, como siempre había sido su persona. ¡Cómo he llorado aquella despedida tan poco merecida por mi amada!

Y aquí estoy, una noche más, esperando satisfacer a mi alma con el último sacrificio impuesto. El más temido y el más doloroso.

La veo rezar sus oraciones antes de buscar el cobijo de las mantas. ¡Cuánto le ha crecido el cabello! Recuerdo cuando, en mis regresos, era lo primero que llamaba mi atención. Iba aumentando su longitud inexorablemente, como un recuerdo sutil del correr del tiempo que no había pasado a su lado. Ahora, recoge su brillo dorado en un par de trenzas que me gritan los meses de ausencia definitiva y las caricias que han muerto en mis manos sin que ella las disfrutara.

Mi niña.

Mi sangre... Mi maldición... Mi condena.

Cuando aquel desconocido se interpuso en mi camino y me habló de eternidades, no supe entender la crudeza de sus palabras, la profundidad de su significado. Aún ahora mi entendimiento conserva confuso el momento en el que mi voluntad y mi vida pasaron a convertirse en muerte. Como si aquella figura pudiera dominar mis sentidos con su sola presencia. Mi capacidad de discernir o tomar decisiones quedó anulada o, simplemente, desapareció. No consigo encontrar otra manera de explicarlo. No la hay. Lo siguiente fue la oscuridad de mi tumba, el olor a podredumbre, la levedad de la muerte en mis movimientos y sus palabras resonando en mi cerebro con la fuerza de una sentencia ineludible.

«Sobre la tierra, como vampiro enviado,
tu cadáver del sepulcro será exiliado.
Vagarás por el que fuera tu hogar,
a media noche, la fuente de la vida secarás.
Tus víctimas, en el demonio a un señor verán.
Debes acabar tu obra ¡monumento a tu agonía!
Luego, a tu lóbrega tumba caminarás.
Ve, y con demonios y espíritus delira.»

Su respiración se tranquiliza por el sueño y mi lividez atraviesa la ventana. Está tan dormida, tan en paz... tan frágil... tan mía. Mis dedos se entretienen, retrasando el momento de mi tortura y deshacen las trenzas que recogen sus cabellos. Libres y despeinados como cuando eran tirabuzones alisados por mis caricias. No puedo retrasar más el instante final de mi condena y mis lágrimas se mezclan con la sangre que mana de su tierno cuello. Sangre de mi sangre.

Mi niña abre los ojos y el tercer monumento a mi agonía cae sobre mí con todo el peso de la culpa. Mi corazón se prende en llamas que lo consumen y mis huesos se estremecen allá en su fosa.

– ¡Padre!

El sonido de su voz me perseguirá durante toda la eternidad.

Sobre la autora de «Tres monumentos a mi agonía»:

Ángeles Mora vive en Huelva y pertenece al colectivo literario Sevilla Escribe. El lado más oscuro de sus letras ha sido publicado en diferentes antologías: "Terapia de choque" en *Monstruos de la razón II* de Saco de Huesos Ediciones; "El extraño" en *Monstruos Clásicos* de H Horror; "Mi ángel triste", "Chicxulub, la cola del diablo" y "Como una tarde de domingo cualquiera" en la colección *Calabazas en el trastero* de la editorial Saco de huesos. "Ecos en el páramo" forma parte de *Fantasmas, espectros y otras apariciones*, editado por La pastilla roja y "La casa de los espejos" puede leerse en *Descubriendo nuevos mundos II*.

Fuera del género fosco y de terror, con "Naranja sobre negro" fue seleccionada para formar parte de *Aenigma Veneris: antología de autoras* publicada por Albis Ebooks. La carta "La trinchera de los besos robados" obtuvo el primer premio del XVII certamen de cartas de amor Villa de Mijas 2012. Con el cuento infantil "El sueño de Conejo" participó en el proyecto benéfico *Ilusionaria 2* y "Pepito, el ciempiés cojito" forma parte de *Cuentos de Ciudad Esmeralda*. En 2013, su cuento "Una Blancanieves diferente" ha obtenido el primer premio del XIV certamen literario de la Delegación de igualdad del Ayuntamiento de Benalmádena.

"La última voluntad de Frederick Foxter" en la antología *Steam Tales* de Ediciones Dlorean y "El silencio de Edith" en *Ácronos II* de Tyrannosaurus books, han supuesto sus primeras publicaciones dentro del género Steampunk.

VAMPIROS EN LA HABANA

Por Covadonga González-Pola

A Elisa González-Pola

Nosotros hemos visto el cadáver de la pobre criatura.
En su cuello, la yugular rota y más hacia atrás otra
herida que parecía indicar un feliz barrenamiento de
carne palpitante. El miserable vampiro, creyendo llevar
la vida a su cuerpo tuberculoso, debió de sentir
espasmos de placer aplicando con furioso paroxismo sus
malditos labios a la sangrante herida. Deténgase la
pluma ante tanto y tan indibujable horror.

Avilés, 1917

LA PRIMERA VEZ QUE LA VI estaba en la playa de Salinas al atardecer. De vez en cuando, me gustaba empezar a caminar desde el centro de Avilés hasta allí. Y el mes de julio era el mejor momento, cuando el tiempo del ocaso se prolongaba casi hasta las diez de la noche. A aquellas horas la temperatura ya era lo bastante baja como para que la playa estuviese vacía aunque, si el tiempo lo permitía, siempre quedaban unos pocos pescadores que se entretenían, a la orilla del mar, viendo si picaba algo. Eran los años '80 y aún no se había puesto de moda el surf en nuestras costas. Es más, intuyo que alguna madre habría puesto el grito en el cielo de saber que su hijo quería aventurarse a jugar con las peligrosas aguas de aquel mar. Todos los años se ahogaba algún descuidado.

Ella se encontraba a medio camino entre las escaleras que llevaban al paseo marítimo y la orilla. Aquel día la marea estaba muy baja y la arena se había secado bastante, pero ella estaba sentada sobre una toalla, con unas larguísimas piernas embutidas en ceñidos vaqueros pitillo y abrigándose con una cazadora vaquera de amplias hombreras, adornada con un par de parches, mientras leía un libro. Se ataba el pelo, rubio y muy largo, en una tirante y alta coleta. Este peinado dejaba ver sus increíbles ojos, de un brillo cristalino, casi vidrioso, enmarcados por una piel muy pálida y pulcra.

No me di cuenta de que me había quedado mirándola hasta que ella dejó escapar una risita. Con una mezcla de suficiencia y nerviosismo, sonreí, a la vez que ella me hacía un gesto con la mano, invitándome a aproximarme. Mi sonrisa se ensanchó.

– ¿Qué lees? – quise saber.

Ella separó el libro de su vista, colocó un marcapáginas antes de cerrarlo y me lo entregó sin dejar de mirarme. Fue entonces cuando reparé en sus finas y bien cuidadas manos. Y en sus uñas perfectamente arregladas, que parecían hechas de cristal.

– *La Noche de Todos los Santos* – leí– . ¿Una novela religiosa?

– Más bien una novela de terror. O una novela gótica.

– ¿Una novela gótica?

Ella sonrió, divertida.

– ¿Quieres saber de qué trata?

– Sí, ¿por qué no?

– Pues hay gente a quien le sorprende que me guste venir a leer sola a la playa. Que creen que el verano es para salir y para tomar el sol. Siéntate, si quieres.

Mientras me colocaba junto a ella, en una esquina de la toalla, pude oler su pelo, que liberaba un aroma picante y dulce al mismo tiempo y se entremezclaba con el de la salada brisa del mar que despeinó mi flequillo.

– Será porque se supone que debes aprovechar, mientras seas joven, para divertirte. Pero hay gente que solo sabe divertirse tomando el sol y bebiendo. Y tú no pareces el caso.

– Ni tampoco soy tan joven como parezco. ¿Sigues queriendo saber de qué trata el libro?

Yo asentí, con una sonrisa, mientras extendía los brazos hacia atrás y apoyaba las manos en la arena. Estiré también mis largas piernas y dibujé surcos con ellas, mientras miraba mis viejas zapatillas.

- Claro que sí. Pero, antes, dime cómo te llamas.

Ella sonrió.

- Iyana - dijo mientras se inclinaba hacia mí y me plantaba dos suaves besos en sendas mejillas-. ¿Y tú?

- Mon - respondí.

- ¿Y qué nombre es ese?

- Es Ramón, pero me gusta más así.

Aquella noche acabamos en mi casa.

Sí, ya sé lo que vais a decir. Una mujer fácil. O, tal vez, qué hombre más fácil. O ambas. Pero lo cierto es que no fue ese el caso. Algo sucedió desde la primera mirada que cruzamos, algo especial, que nos hizo conectar. Era como si me hubiera hipnotizado con aquel brillo cautivador que despedían sus ojos. Y su sonrisa. En toda mi vida, de la que podría contar mil y una historias, nunca había ido tan rápido con una mujer. Pero aquello era diferente. Había perdido la necesidad de seguir con convencionalismos y solo quería dejarme llevar, invitarla a subir a mi casa para sumergirme en su pálido cuerpo y sentir que estaba con ella. Ella se quedó dormida a mi lado y yo, mientras la contemplaba, me planteé si había sufrido algo parecido a amor a primera vista.

El reloj digital de Iyana, que era lo único que seguía pegado a su cuerpo - aparte de mis brazos en torno a su suave cintura-, sonó de madrugada. Yo cabeceaba cuando oí el suave pitido. Ella se revolvió en la cama y, tras un gruñido, se incorporó, zafándose de mi abrazo.

- ¿Estás bien? - le pregunté mientras comenzaba a vestirse.

- Sí, claro que sí. Pero es que tengo que irme ya.

Extrañado, me froté los ojos y miré el reloj de pared.

- Pero si son las cinco de la mañana. Aún es de noche. Espera al menos hasta que amanezca. ¿Adónde tienes que ir a estas horas?

- Por favor, Mon, no me hagas preguntas. Tengo que marcharme ya. Además, con prisa.

Mientras terminaba de abrocharse la camisa, se giró hacia mí y me dio un beso en los labios que yo sentí como un portazo.

- ¿Y ya está? ¿Vas a desaparecer así, sin más?

Iyana ya estaba en pie y cogía su bolso. Se detuvo un segundo para rehacerse, a ciegas, la tirante coleta.

- Nos veremos pronto - respondió con un guiño- . Sé dónde vives.

Y cerró la puerta por fuera. Mientras oía cómo sus pasos se alejaban y bajaban las escaleras hacia la calle, me di cuenta de que había olvidado su libro sobre mi cómoda. Pensé en correr para avisarla, pero enseguida decidí no hacerlo. Por lo menos, tenía una excusa para volver a verla. Y razones me sobraban.

La siguiente vez que la vi fue en la Plaza del Ayuntamiento de Avilés. También era de noche, y yo estaba en una terraza sentado. Leía el periódico a la luz amarillenta de las farolas mientras una cerveza reposaba junto a mí como peaje para poder acomodarme en aquella silla y disfrutar tranquilamente de la fresca y veraniega noche. Ella estaba plantada en una de las columnas de los arcos, a pocos metros de mí. Al cabo de un rato, chistó suavemente y fui consciente de su presencia. Llevaba la misma cazadora, pero en esta ocasión lucía sus piernas gracias a una cortísima minifalda y unos tacones. La miré durante un instante de arriba abajo, recreándome en los momentos que había disfrutado durante la noche que habíamos pasado juntos.

- ¿Repasando los males de este mundo? - preguntó mientras se acercaba. A cada paso, la cadencia de sus caderas le confería un aire más felino y seductor.

Aguardé hasta que estuvo a mi lado, contemplándola, y entonces doblé el periódico y lo puse encima de la mesita.

- ¿Quieres sentarte? - pregunté mientras le señalaba con la mano la silla que estaba frente a mí.

Pero ella escogió la de al lado y posó la mano sobre mi pierna, acariciándome suavemente mientras volvía a hablar.

- ¿Sabías que pareces sueco?

Me reí.

- Sí, siempre me lo dicen. Tú tampoco eres el perfil de española morena que venden en los panfletos de turismo.

- Y, sin embargo, los dos somos de aquí, ¿no?

- Vaya, ¿y esa curiosidad?

- Solo preguntaba. Oye, tu cerveza ya no tiene ni espuma, apuesto a que está caliente.

Volví a reír.

- Qué observadora. Lo cierto es que estaba empachado y no tenía ganas de tomar nada; solo quería estar aquí un rato tranquilamente. Pero claro, hay que consumir algo. Si quieres beber alguna cosa, pide: yo invito.

- No, gracias - negó con lentitud-. No me he sentado a tu lado para sacarte copas.

- Eso me tranquiliza - respondí mientras balanceaba el vaso con suavidad, haciendo que la cerveza quedase pegada al borde, justo a punto de derramarse-. Entonces ¿a qué has venido?

- Pues no sé, a charlar. Lo del otro día fue muy agradable - añadió mientras seguía paseando su mano por mi muslo.

- Vaya... ¿solo agradable?

- Tienes buena conversación. Pero me he dado cuenta de que no sé nada de ti, aparte de tu nombre, de dónde vives y de que me dejé mi libro en tu casa.

- Cuando quieras puedes pasarte a recogerlo.

- Pero esta noche no. Esta noche me gustaría saber cosas de ti.

- ¿Y qué quieres saber?

- Podrías empezar por tu apellido.

Volví a reír.

- Cuervo.

- Así que Ramón Cuervo. ¿Y por qué te pusieron Ramón?

- Por mi padre.

Ella sonrió.

– Lo imaginaba.

Dos días después, cuando ya había atardecido, Iyana se pasó por mi casa a recoger el libro. O, más bien, con la excusa de recoger su libro, pues hicimos el amor toda la noche. De nuevo me sentí sumergido en aquel embrujo, en aquella belleza, en la palidez de su cuerpo y en cómo se acoplaba al mío, en cómo me hacía sentir cuando se acercaba a mi cuello e inspiraba profundamente justo antes de recorrerlo con los labios, como si fuera la mayor de las tentaciones.

Todo era perfecto, hasta que su reloj digital volvió a sonar. Otra vez a las cinco.

– Tengo que irme – anunció mientras se levantaba.

– ¿Así, de repente?

– Lo siento, pero tiene que ser así.

– ¿Por qué?

– Aún no puedo explicártelo. Aún no lo entenderías – respondió, evasiva, mientras comenzaba a vestirse.

– ¿Por qué no pruebas a ver? Es posible que te equivoques.

– O que tenga razón – me contradijo.

Me senté en la cama y me arropé con las sábanas hasta la cintura. No quería que se fuera. Pero, a la vez, me sentía ofendido. Me sentía utilizado y no me gustaba. No con ella. Dentro de mí bullía algo parecido a la vergüenza.

– La verdad es que no sé por qué me sorprendo. Me has preguntado mil cosas sobre mí y yo he respondido a todas tus curiosida-des, hasta la más mínima. Pero yo aún no sé nada de ti. Por no saber, no sé ni tu apellido. Ni dónde vives. Ni a qué te dedicas. ¿Cuál es el problema?

Iyana se dio la vuelta, abrochándose el último botón de la blusa y cogiendo la cazadora. De nuevo me plantó uno de aquellos besos en los labios que me sentó como un portazo. Pero, después, volvió a acercarse a mi cuello de aquella manera tan sensual, como si inspirase su aroma para después acariciarlo con sus labios. Sentí un escalofrío.

– No hay ningún problema – me aseguró– . Es solo que aún no es el momento. Créeme. Además, ahora tengo tu teléfono. Te llamaré pronto, lo prometo.

Y se marchó. De nuevo, olvidó su libro sobre mi cómoda.

Me llamó dos días después. Lo cierto es que me sorprendió recibir su llamada a medianoche. Pensaba que sería un poco tarde para ella.

– Quiero invitarte a mi casa – dijo, con voz firme y decidida– . ¿Querrás venir? Así ya sabrás una cosa más sobre mí: dónde vivo.

Estaba confuso. Lo cierto era que me había sentado muy mal la forma en que se había marchado la última vez que nos habíamos visto. Pero, por otra parte, la curiosidad me estaba matando. ¿Estaría casada? ¿Salía con otra persona o tenía algún trabajo que la obligaba a ser tan enigmática? ¿Y cómo encajaba yo en aquella ecuación?

Al darse cuenta de que vacilaba al responder, volvió a hablarme.

– Venga. Lo pasaremos bien. Te lo prometo.

Mi cabeza quería que me mostrase orgulloso y reticente. Pero mi corazón y mis entrañas hablaron por mí.

– Dime tu dirección.

La casa de Iyana estaba junto al recién inaugurado Conservatorio de Música de Avilés. Pasé por él no sin cierta inquietud. Hacía tiempo que un hombre me había contado en un bar que se hablaba de la existencia de un fantasma en el interior de aquel edificio. Me detuve un segundo a mirar a través de sus oscuras ventanas, con interés morboso y con ganas de taparme los ojos ante un inminente susto que en realidad quería ver por una rendija, entre mis dedos anular y corazón. Pero no pasó nada. Era ya casi la una y media de la mañana y las calles estaban poco concurridas, por lo que decidí apretar el paso y caminar hasta el portal que Iyana me había indicado por teléfono. Con cierto nerviosismo, llamé al telefonillo y aguardé a que me abriese. Subí las escaleras hasta el segundo piso, donde me esperaba con la puerta entreabierta. En esta ocasión, la melena le caía por la espalda. Llevaba un camisón de raso negro y encaje, muy fino, que terminaba justo encima de sus rodillas. Aun así, volví a mirar con ansia sus pálidas piernas.

Me detuve ante el umbral.

– Pasa, por favor. – Se había pintado los labios y sus dientes parecían más blancos de lo normal.

Entré, titubeando, y observé el pasillo de su casa. El parqué estaba muy viejo y a las paredes no les habría venido mal un repaso, pero, en general, me resultó un lugar acogedor.

– Te he traído tu libro – dije, sintiendo una incomprensible timidez.

Esta vez fue ella quien me miró de arriba abajo. De nuevo aquella expresión hipnótica. Me rozó las manos al coger el libro, pero lo dejó caer al suelo con todo su peso. El viejo parqué retumbó.

– Te habría pedido que lo dejaras sobre la cómoda, pero vamos a utilizarla nosotros. Ya me entiendes.

Y después de la cómoda me llevó a la ducha. Y después de la ducha, a la cama. Intensa, dulce, como siempre, volviéndome loco. Pero estábamos exhaustos. Me dejé caer boca abajo y ella se tendió sobre mí. Y volvió a pasear sus labios suavemente por mi cuello.

– ¿Te ha gustado mi casa?

Me reí.

– La parte que he visto, sí. Aunque seguro que con la luz del día se ve todo mejor. Claro que siempre estás con ese aire tan misterioso... y nunca nos hemos visto de día.

Fue ella quien se rió entonces.

- Qué observador.

- He estado pensando en todas tus rarezas desde la última vez que nos vimos.

- ¿Ah, sí?

- Pues sí. Aunque, llegado un momento, me di cuenta de que era mejor dejar que me las explicases tú. Mi imaginación llega muy lejos y podría acabar por volverme loco.

- Lo siento, Mon. La verdad es que me gustas: eres una persona sencilla, atractiva e interesante. Pero he tenido mis razones para ocultarte todo esto. De verdad que lo siento mucho.

Y mientras pronunciaba estas palabras sin dejar de acariciarme la espalda, sentí un punzante dolor en el cuello. Algo afilado que se me clavaba hasta el fondo de la yugular. Luego todo se volvió negro. Muy negro.

Fue el sonido de la alarma de un reloj digital lo que me despertó. Estaba atado de pies y manos a una silla. No me había movido de la habitación. Iyana estaba de pie junto a mí y había vuelto a ponerse el camisón.

- Siento haber tenido que llegar tan lejos, Mon. Pero tenía que asegurarme de no dar un paso en falso. Aunque lo que te he dicho antes era verdad: me gustas. Y me he dejado llevar por mis instintos un poco más de lo que debería. No ha sido muy profesional, pero, por otra parte, me ha venido bien para hacer mi trabajo.

- ¿Tu trabajo?

- Tenía que estar segura de quién eras. Ramón Cuervo, hijo de Ramón Cuervo, "el de Paula". Lo cierto es que te pareces muchísimo a tu padre.

Iyana dejó caer una vieja fotografía junto a mí. Un antiguo retrato, que perfectamente podría ser de los años '20 o incluso de antes. El parecido era evidente.

- ¿De qué va esto?

- Pues me temo que va de venganza. De algo parecido al ojo por ojo. De algo que me contó mi tía Sara y de cumplir su última voluntad. De unos padres que pasaron el resto de su vida vistiendo de luto porque su hijo de diez años murió desangrado.

Junto a la foto, dejó caer un recorte de un periódico tan antiguo que parecía que podía convertirse en polvo con solo tocarlo.

– «Autor de un infanticidio» – recitó Iyana de memoria–. «Ha sido detenido Ramón Cuervo, de veintiséis años, vecino de Llanera y autor de la muerte del niño Manuel Torres, al cual asesinó para beberle la sangre».

Tragué saliva mientras miraba cómo Iyana llenaba una jeringuilla con el contenido de un frasco.

– Tu padre, ese tuberculoso, lo mató para intentar curarse. Aún no entiendo cómo logró escapar de la policía en aquel traslado, pero está claro que ya poco se puede hacer. Pero cuando mi tía se cruzó contigo una noche por casualidad y vio el innegable parecido, me hizo prometer que cobraría la venganza de su primo, Manuel, a través de ti.

– Por eso has estado pegándote tanto a mí.

– Como comprenderás, no iba a actuar hasta estar absoluta-mente segura de esto.

No pude reprimir un ataque de risa.

– Y ahora ¿qué vas a hacer? ¿Matarme?

– Tengo que hacerlo – declaró con voz temblorosa.

– Pues yo creo que has ido demasiado lejos conmigo, en demasiadas ocasiones, como para poder hacer algo tan frío. No hacía falta intimar tanto si lo único que querías era averiguar mi parentesco con ese hombre. Además, ¿estás segura de lo que dices? Porque lamento muchísimo decirte que te has equivocado.

Iyana agarró con fuerza la jeringuilla mientras me miraba. Su expresión había mutado de la culpabilidad al nerviosismo.

– Conozco esa historia – aclaré mientras, con facilidad, me deshacía de las ataduras de un fuerte tirón, como si fueran de papel, ante la estupefacción de Iyana–. La del indiano que contrajo la tuberculosis en Cuba. – Quitándome las cuerdas de encima, me puse en pie y di un paso hacia ella–. A quien un santero le dijo que, para curarse, debía beber la sangre de un niño. Dicen que esas prácticas eran muy habituales en aquella época. Pero ¿te has planteado que, si yo soy el hijo de ese hombre, él debió de morir de tuberculosis mucho antes de nacer yo? ¿Cómo explicas eso?

Iyana dio un paso atrás, blandiendo la jeringuilla, interponiéndola entre nosotros. Tratando de marcarme la distancia. Yo me detuve y sonreí antes de seguir hablando.

- "El vampiro de Avilés", lo llamaron. Pero existe otra explicación, y esa no la encontrarás en la prensa. Aunque supongo que no te lo crees. ¿Y si lo que estaba haciendo ese hombre era tratar de completar su proceso de transformación y por eso escupía sangre? ¿Y si para completar esa metamorfosis lo que tenía que hacer era beber la sangre de un niño y así lo hizo? ¿Y si la razón por la que logró escapar es que, finalmente, completó el proceso y se hizo más fuerte? ¿Y si se hizo inmortal?

Sonreí, mostrando mis blancos dientes. Y saqué los colmillos.

- ¿Y si logró permanecer eternamente joven? ¿Estás segura de que yo soy el hijo de ese hombre? ¿No crees que el parecido con esa foto que me has enseñado es demasiado exacto, demasiado inquietante?

Iyana chilló y saltó hacia mí con la jeringuilla dispuesta a clavarse en mi cuerpo. Al mismo tiempo, yo me abalancé sobre ella.

Cuando se despertó, atardecía. No sabía cuánto tiempo llevaba inconsciente, pero se encontraba realmente mal. Tenía escalofríos y habría asegurado que le estaba subiendo la fiebre. Tosió hasta casi ahogarse. Trató de incorporarse, pero un nuevo acceso de tos hizo que se doblase. En esta ocasión, tuvo que llevarse la mano a los labios. Había escupido algo. Un esputo sanguinolento. Al ser consciente de ello, su pulso se aceleró. Se levantó con presteza y buscó el espejo. Estaba muy pálida, casi se atrevería a decir que había adelgazado. Y, tal como se temía, tenía varias cicatrices en el cuello. Cicatrices que no parecían estar cerrándose de forma normal.

La joven se dejó caer al suelo al tiempo que se mesaba los cabellos rubios. De nuevo, un acceso de tos, mientras los escalo--fríos de la fiebre no cesaban. Otra vez escupió sangre. Quería llorar, quería despertar y descubrir que aquello era una pesadilla. Pero sabía que no lo era.

Volvió a sentarse en la cama y se abrazó las rodillas con los brazos. Y fue entonces cuando reparó en el sobre y el periódico. La fecha de la publicación le indicó que había dormido más de día y medio. Con manos temblorosas y conteniendo la tos, la joven abrió el sobre. Dentro había una ficha de cartón. Iyana había viajado muy poco en su vida, por lo que tardó unos instantes en descubrir que aquello era un billete de avión. Destino: La Habana, Cuba.

Nerviosa, extrajo del mismo sobre una nota.

«Solo te queda un paso por dar. Allí te espero.

Mon»

Sobre la autora de «Vampiros en La Habana»:

Covadonga González-Pola. Escritora de novela y de relato, desde 2012 es directora del Círculo Literario Mundi Book. Imparte talleres literarios gratuitos a través de internet en su canal de Youtube y en su web www.talleresliterariosonline.com, con más 4000 seguidores.

Publica relatos en Canciones con historia, historias con canción http://cancionesconhistoriahistoriasconcancion.wordpress.com y es integrante del equipo de podcast literario Leyendo hasta el amanecer (www.leyendohastaelamanecer.com).

En 2013 publica su primera novela: *El gen. Las ruinas de Magerit* (disponible en Amazon en su versión electrónica y en Mundi Book Ediciones en su edición en papel). En 2014 está prevista la publicación de su novela de fantasía medieval *The Crystal of Amethyst* (*El Cristal de Amatista*) en su versión en inglés, también con Mundi Book Ediciones.

El relato seleccionado, *Vampiros en La Habana*, está basado en la leyenda del vampiro de Avilés. Este relato formará también parte de una futura publicación de relatos inspirados en leyendas asturianas.

Defixio

Por Gloria T. Dauden

JULIA SE QUEDÓ MIRANDO la tablilla en silencio. El dibujo del cuerpo de Octavio se había convertido en un sinfín de rayas y arañazos sobre el metal del *defixio*. Se llevó las manos a la cara, como si así pudiera borrar lo que acababa de hacer. Cerró los ojos y perdió el equilibrio. La sirvienta que la acompañaba la sujetó antes de que cayera al suelo y la ayudó a enderezarse. Julia esperó a que el mareo pasara. Inspiró. Una bocanada tras otra. El aire era frío y, sin embargo, le ardía en la garganta.

La esclava le acercó un taburete. Julia se acomodó y lanzó una nueva mirada al reflejo distorsionado de la tablilla de metal. Estaba tan flaca, tan demacrada. Desde que supo que la engañaba apenas había comido ni dormido. Poco a poco se había transfor-r-mado en un espectro seco y pálido de lo que fue el día de su boda. Cada vez que recordaba su traición un sabor acre le llenaba la boca y el mundo le daba vueltas.

Había pensado en acabar con todo. Varias noches sostuvo la daga contra el pecho, aunque no se atrevió a usarla. Despacio, fue adelgazando hasta que los huesos se le marcaron, y ni así Octavio se preocupó por ella.

Al final, en una de esas veladas solitarias en las que había vuelto a desenvolver el cuchillo, la esclava la detuvo. La miró con fiereza. Y en un susurro le dijo: «Hay otra forma».

Y Julia había escuchado, pese a que solo oír hablar de los dioses del inframundo sentía escalofríos. Había escuchado, sí, y allí estaba, en la cueva, rodeada de calaveras de perro y velas, y con la tablilla de la maldición lista para ser usada.

Respiró hondo.

- Hay que entregarlo a la tierra - dijo la sirvienta.

59

Julia alzó un poco la vista y se secó las lágrimas que le ensombrecían la visión.

- Entregarlo para que los dioses del inframundo responda - insistió la esclava tan serena como una estatua. En realidad, vestida como estaba con telas negras, y en aquella penumbra mal iluminada por velas casi consumidas, bien podía ser la viva imagen de Hécate, o de Proserpina recién salida de los infiernos. Tomó aire y trató de no pensar en las diosas del inframundo, pero era difícil cuando se había pasado las últimas hora invocándolas.

Reprimió una arcada. Volvió a mirar la tabla de metal en la que había volcado todo su odio. Una lágrima resbaló por su mejilla.

- No puedo - musitó- . No puedo hacerlo.

Sentía la boca reseca. Alargó la mano y dio un trago al vino que había sobre la mesa.

La esclava no replicó, aunque la miró con el ceño fruncido.

Julia tragó saliva. Las manos le temblaban. Le pareció que las calaveras se reían de ella. Y con razón. No tenía valentía para quitarse la vida, eso había quedado ya claro, pero tampoco para enfrentarse a los dioses oscuros. Y aun así, ya los había llamado. Miró de nuevo el *defixio*. Solo quedaba enterrarlo. Solo eso.

Dio un nuevo trago. El vino le quemó en la garganta.

Recogió la tablilla y se miró una vez más en ella. Su rostro, deformado por el metal, era el de un demonio. Había maldecido a quien más amaba. Había ofrecido sus ojos, su boca, su sangre, su corazón, su aliento, su piel, su sombra a los dioses del infierno; y ellos vendrían a por su presa en cuanto enterrara el metal en los terrenos de los ajusticiados.

Aún podía echarse atrás, claro. Tomó una larga bocanada de aire. Si destruía la tablilla quizás no tomaran por bueno su pacto y podría olvidar todo aquel horror. Olvidarlo y dejar que la rabia siguiera devorándola día tras día.

Miró un buen rato el humo que escapaba de una de las velas. Aún podía volver a casa y esperar a que amaneciera mientras Octavio disfrutaba junto a otra...

Apretó las manos contra el *defixio;* el metal estaba caliente y casi parecía que latiera.

- Iré - dijo.

Se puso en pie, se guardó la tabla bajo las ropas, cogió una antorcha, la prendió en una de las velas y salió, seguida por la esclava. Inspiró. En el interior de la cueva el aire estaba enrarecido con los humos y las pócimas, mientras que allí fuera era puro. Respiró hondo y sintió el frescor de la noche.

Caminó un buen trecho en la oscuridad, iluminada solo por la antorcha. Llegó hasta el lugar de las ejecuciones y se detuvo. Había más opciones, podría haber enterrado el *defixio* en una encrucijada o en un cementerio, pero aquel lugar de asesinos y traidores era el más adecuado para alguien como Octavio, que le había arrancado el corazón a dentelladas.

- Sí. Aquí.

Lo dijo en voz baja, apenas un susurro, y le pareció oír una voz que replicaba con aprobación. Miró alrededor, asustada, pero estaban solas.

Se arrodilló y junto a la sierva escarbó la tierra húmeda con las manos desnudas. Depositó el *defixio* y lo cubrió mientras recitaba:

- Y así te entrego a la noche.

El viento rugió con fuerza y un halo rojizo surgió del lugar donde había enterrado la ofrenda. La luz bailó entre las mujeres y envolvió el cuerpo de la esclava. Sus ojos brillaron de golpe como carbones ardiendo. Julia se apartó. El corazón le latía desbocado.

Vio con asombro cómo la mujer tiraba de sus ropas con un gesto brusco y quedaba desnuda. Su cuerpo pálido parecía relucir, como si tuviese el brillo de la luna. Los ojos le ardieron con mayor fiereza.

El halo rojizo danzó de nuevo y las rodeó a ambas. Julia dudó, pero se desnudó también. La luz abrazó su piel con un tacto cálido. Su roce era como el de un amante. Entreabrió la boca y un gemido escapó de sus labios.

Un tirón en los miembros le hizo gritar. Sintió un escozor por toda la piel que, despacio, pasó a ser apenas un cosquilleo. Comprobó asombrada como se llenaba de plumón suave y como, poco a poco, crecían las plumas largas y todo su cuerpo ardía de nuevo. La cara de la esclava se había tornado blanca y se había deformado hasta parecer la de un ave. Después, su cuerpo se encogió y unas alas surgieron en el lugar de sus brazos.

La luz roja danzó de nuevo entre ellas y la mujer se convirtió al fin en una gran lechuza blanca.

Julia agitó sus alas, pues ella también las tenía. Alzó el vuelo casi sin darse cuenta y gritó eufórica. El *defixio* había quedado atrás, enterrado como un cadáver, pero ya había cumplido su misión. Se sentía ebria de furia. Y hambrienta. Tenía tanta hambre que el estómago le dolía.

Sabía dónde encontrarlo. Volaron entre chillidos hasta la casa de la amante. Entraron a través de la ventana abierta y se quedaron en el marco, mirando con sus grandes ojos redondos.

Octavio y la mujer dormían desnudos sobre las sábanas. Julia apretó las garras contra la madera. La rabia hervía en sus venas. Ya no estaba segura de haber hecho bien al dejarla a ella de lado en su venganza. Tal vez aquella mujer también merecía su ira. El pensamiento apenas le cruzó la mente porque, al instante, la lechuza que había sido su esclava se echó sobre la joven y rasgó su cuello blanco. Su víctima no tuvo tiempo ni de gritar. Solo un borboteo rojo escapó de sus labios mientras la sangre goteaba e impregnaba las sábanas. La criatura bebió de ella y se tiñó las plumas de carmesí.

– Ven – le dijo.

Julia dudó, pero fue apenas un momento. Había algo en la sangre que la llamaba, que le hacía salivar con deseo. Bajó con un breve aleteo y se posó. La probó. Primero con reticencias, luego con deleite. Su sabor metálico llenó su boca y la calentó por dentro. Bebió hasta quedar ebria y sus ojos, llenos de ira y lascivia, se fijaron en Octavio, que dormía aún, ajeno a la sangría que lo rodeaba. Roncaba con la boca abierta, pero cuando la endemoniada se posó en su cuello, dispuesta a rajarlo también, se irguió de golpe y buscó su gladio.

– ¡Pájaro del averno! – gritó mientras trataba de espantar a la lechuza. Entonces olió la sangre y se volvió con horror. Julia sintió gran satisfacción al verlo estremecerse de espanto ante el cadáver de su amante.

– ¡Demonios! – gritó.

Y así era. Las dos eran engendros del inframundo que habían venido a por él. Julia quiso reír, pero solo logró ulular con su voz de lechuza. Entonces ardió de nuevo la luz rojiza. La criatura que había sido su esclava agitó sus alas y recuperó su forma humana. Con una fuerza imposible para su tamaño, lo inmovilizó contra la cama y soltó una carcajada.

– Tus ojos, tu boca, tu sangre – susurró– , tus manos, tu corazón, tu aliento, tu piel, tus pies, tu sombra y todo lo que te pertenece me ha sido ofrecido. Todo eso lo tomaré.

Él forcejeó en vano.

Julia vio cómo se le echaba encima y los celos bulleron de nuevo en ella. Vio cómo le mordía el cuello y cómo al alzar la cabeza mostraba la boca llena de sangre. La sangre de Octavio. Una sangre que debía ser suya.

Bajó con un aleteo y se posó a su lado. Luchó por recuperar su forma, por recordar cómo era su cuerpo antes del cambio y, despacio, volvió a su ser.

– ¡Julia! – gritó él, incrédulo.

Ella flaqueó. Trató de apartar a la criatura, pero la luz rojiza centelleó de nuevo a su alrededor. Y recordó. Recordó su rabia, recordó la tablilla de metal, cada uno de los arañazos, cada una de las maldiciones. La ira centelleó en sus ojos.

– ¡Julia!

La desesperación deformó el rostro de su esposo. Ya no era él. Ya no era aquel al que había amado. El que forcejeaba en el lecho ya no le importaba, pertenecía a los seres del inframundo.

Se relamió de deseo ante el aroma de la sangre. Apartó a la criatura, pero no para liberarlo, sino para ocupar su lugar. Lo retuvo contra la cama con una fuerza sobrehumana. Se rió de él y mordió. Mordió con todas sus fuerzas mientras con las manos lo anclaba al lecho de su infamia. Se estremeció de placer mientras sus dientes se clavaban en la carne y cuando la sangre, caliente y deliciosa, le inundó el paladar. Tragó deprisa y siguió succionan-do. Dejó de escuchar sus quejidos. El deleite era tal que nada podía distraerla. Tragó más y más hasta que la sierva la tocó en el hombro.

Aquello la hizo volver en sí. Se llevó una mano a la boca y la vio cubierta de rojo. Sobre la cama, Octavio yacía estático, con los ojos vidriosos, abiertos en una expresión de espanto.

Pensó que debía sentirse horrorizada y trató de sacudirse la euforia que la inundaba, aunque la sensación escapó enseguida, como una gota de agua que resbala. Aspiró el aroma de la sangre y se relamió. Entre chillidos tomó de nuevo la forma del ave y se posó en la ventana. Miró las casas que abarrotaban las calles de la ciudad.

Octavio ya no tenía más sangre que darle, pero allá abajo, en sus lechos, creyéndose a salvo, dormían muchos hombres, mujeres y niños. Y ella seguía hambrienta.

Sobre la autora de «Defixio»:

Gloria T. Dauden (Gran Canaria, 1984) es licenciada en Publicidad y RRPP con especialidad en el área de creatividad. En la actualidad amplía su formación por la UNED con el grado de Historia del arte.

Ha trabajado como profesora de escritura en Escuela de Fantasía y en diversos talleres presenciales. Ha sido seleccionada y publicada en las dos ediciones del libro de relatos *Descubriendo nuevos mundos*, así como en las dos de Escuela de Fantasía: *Monstruos* (2012) y *Bosques* (2013).

En 2012 publicó *La galería de espejos*, un libro con dieciocho de sus relatos, todos ilustrados por artistas canarios. En *Ácronos vol. 2* se publica su relato *Las hermosas Jaradalias*. Su última obra es *Fae: el libro de las fantasías eróticas*, una antología ilustrada con relatos que mezclan lo erótico y lo fantástico.

Más información en www.gloriatdauden.com

COMER CON LOS OJOS

Por Gema del Prado Marugán

LA PRIMERA VEZ que Alejandro vio al niño fue por culpa de Marcos. El muy imbécil había vuelto a quedarse dormido tras una de sus largas noches de *Duke Nukem.* Y bien que supo aprovecharse de la situación: mamá tenía guardia en el hospital y papá estaba demasiado entretenido con las *play-offs* de la NBA como para realizar un registro exhaustivo del cuarto de los chicos, a la caza y captura de la videoconsola. Por si fuera poco, a la larga lista de irresponsabilidades de Marcos se le sumaba el haber olvidado conectar la alarma del despertador. Imperdonable.

- Se supone que eres el hermano mayor y debes ocuparte de que las cosas funcionen - lo acusó Alejandro mientras, en un alarde de habilidad, terminaba de abotonarse la camisa con una mano y vertía, sin derramarla, la leche con la otra.

Papá llevaba ya dos horas en la oficina y mamá acababa de llegar a casa arrastrando los pies y con una cara que era la viva imagen del cansancio. Los niños sonrieron inocentemente cuando se acercó a la mesa del desayuno - ¡grata vejez para aquel viejo mueble de cocina que conociera tiempos más sosegados!- y les estampó sendos besos en la coronilla. Echó un rápido vistazo al pan tostado, la fruta desperdigada sobre el hule y los dos tazones repletos de leche.

- Ya veo que mis dos hombrecitos comienzan la mañana con muchas ganas - dijo la mamá mientras les alborotaba el pelo con cariño.

- ¡Síííí! - corearon ambos con gran entusiasmo.

Satisfecha de sus niños, se despidió de ellos y enfiló directa al dormitorio. No había reparado en lo apresurado de la escena, ni en que habitualmente a esas horas sus retoños ya andaban camino de la escuela. Así de cansada estaba, la pobre. Los dos hermanos esperaron hasta escuchar el ruido de la puerta cerrándose al final del pasillo. Luego Alejandro volvió a la carga.

- Eres idiota - susurró-. Hoy tengo examen de dictado a primera hora y me lo voy a perder, y la señorita me pondrá un cero.

Marcos contempló a su hermanito con ojos adormilados, un poco hinchados y enrojecidos a causa de sus furtivas actividades nocturnas. ¡Dichoso crío! Con tan solo diez años, Alejandro ya prometía convertirse en un repelente empollón de esos, con aquel estúpido, estúpido sentido de la responsabilidad. Sus padres siempre se lo señalaban como ejemplo cada vez que su rendimiento en las clases comenzaba a flojear, y eso a pesar de que le llevaba cuatro años. Para motivarlo, según ellos. A Marcos le importaban un pimiento la motivación y todas aquellas charlas condescendientes fruto de las tutorías y las pertinentes visitas de los padres. Lo cierto es que sus intereses iban por otros derroteros bien distintos de ser el hijo ideal. Estaba el fútbol, por supuesto. La consola, los colegas. Y, sobre todo, las chicas (para entonces eran ya chicas y no niñas). Suspiró resignado y agitó la mano delante de Alejandro, como intentando quitarle importancia al asunto.

- Venga, no seas pesado - respondió igual de bajito-. ¿Y si te digo que hoy te voy a llevar por un atajo nuevo y que llegarás a tiempo para tu estúpido examen?

- ¿Ah, sí? - Alejandro aún desconfiaba. Demasiados años conociendo a su hermano-. ¿Harías eso?

- ¡Pues claro, tontito! Ya verás.

Pese a los resquemores de Alejandro, Marcos había cumplido su promesa. El nuevo recorrido resultó ser todo un descubrimiento. En vez de seguir por la avenida para rodear las urbanizaciones, bajaron hasta la plaza del pan - así llamaban los vecinos a aquella desangelada glorieta, famosa por cierta panadería donde se elaboraban los mejores colines del mundo- para atajar después por entre los soportales de los bloques nuevos. Aún tuvieron que atravesar un laberinto de patios y jardines antes de detenerse unos instantes para saltar el seto que delimitaba la frontera con la senda conocida. Alejandro comprobó la hora en su reloj de Star Wars último modelo. Darth Vader le chivó entre estertores que todavía eran las nueve menos diez. El colegio estaba apenas dos calles de allí.

– ¿Lo ves, bobo? – Marcos nunca desaprovechaba la ocasión de jactarse ante su quisquilloso hermano menor–. Ni un cuarto de hora hemos tardado.

– ¿Y cómo es que yo no sabía de este camino y tú sí? – le preguntó Alejandro.

– Es que este camino es secreto. Solo lo usan los mayores. A mí me lo chivó uno de cuarto.

¡Un chico de cuarto! Alejandro tuvo que reconocer que, en efecto, había sido todo un acierto seguir a Marcos. A lo mejor se encontraba ante una de aquellas extrañas ocasiones en las que el cabeza de chorlito de su hermano compensaba su torpeza innata con alguna genialidad ocasional. Y como no había estado nada mal el paseo, decidió que él también se quedaría con el itinerario. «Veamos», pensó. «Se gira en el soportal con las vigas marrones justo enfrente del número 63, y luego se atraviesa por el patio trasero de los edificios naranjas...» En estas andaba, inspeccionando en torno para apuntar mentalmente todas las referencias, cuando sus ojos se posaron en una ventana en el segundo piso de uno de los edificios nuevos.

En principio, no tenía nada de especial. Era otra ventana más, tan normal y tan corriente como el resto. Y sin embargo, no lo era. Porque a través de sus cristales limpios y relucientes se distinguía con total claridad la figura de un niño que en aquel momento se asomaba a la calle. El niño llevaba puesto un pijama de Mickey Mouse y su flequillo castaño se desperdigaba en todas las direcciones. «¿Qué hace ese chico aún en pijama?», se preguntó Alejandro. «¿Acaso no sabe que las clases empiezan en menos de quince minutos?» Entonces advirtió el mustio color de su cara y aquellos preocupantes círculos oscuros enmarcando sus párpados.

«Pues claro. Es evidente que está enfermo». Con tanta gripe y gastroenteritis circulando por ahí no resultaba disparatado suponer que hubiera agarrado alguna de las dos. Alejandro se lo quedó mirando y lo saludó con la manita. El niño del pijama de Mickey Mouse apoyó la palma de su mano izquierda sobre el cristal y, sonriendo, le devolvió el saludo. Y después, sin previo aviso, hundió su mirada de ojos tristes en lo más profundo de las retinas de Alejandro. Nada más establecerse el contacto visual, este se vio sacudido por una electrizante ola de emociones, de pensamientos propios y ajenos que fluyeron en un extraño devenir por los recovecos de su mente. Durante unos breves instantes no existió nada más que el vínculo entre los dos chiquillos. Luego el imbécil de Marcos lo llamó desde alguna parte y la magia se rompió. No obstante, algo había cambiado. De pronto, Alejandro sentía una tremenda simpatía por aquel niño de la ventana.

«A lo mejor a la vuelta paso de Marcos y me vengo por este nuevo camino», pensaba Alejandro mientras seguía a su hermano, que caminaba unos metros por delante y sin percatarse de nada. «Y así saludo otra vez al chico de ahí arriba».

¡Pobre! Seguro que debía aburrirse como una ostra, enfermo como estaba y encima, encerrado en casa todo el día.

– ¿Qué te pasa, bichito? – le había preguntado mamá cuando se lo encontró aquella misma tarde sentado a la mesa del salón, enterrado bajo un montón de papeles y con una terrible arruga afeando su frente infantil– . ¿No fueron bien las clases hoy?

Qué cosas tenía su madre. Pues claro que no. ¿Acaso no era evidente? Alejandro se volvió hacia ella reprimiendo un puchero. El examen de dictado había sido un absoluto desastre. No sabría explicar por qué pero, por primera vez en su historial de escolar aplicado, había sido incapaz de transcribir al papel las palabras de la señorita. Le resumió rápidamente cómo le bailaron las uves y las bes, las haches le amargaron la boca y las tildes acabaron convirtiéndose en sus más acérrimas enemigas. Para colmo, sus dedos se habían negado a obedecerle y habían dibujado desconcertantes signos en aquellos renglones destinados a trazos más delicados.

- La profe se ha pensado que no he estudiado nada. ¡Y es mentira! - respondió enfurruñado- . Me ha dicho que como es la primera vez, de momento no me va a suspender. Pero tengo que entregarle diez copias del dictado para mañana.

La mamá lo abrazó muy fuerte.

- No te preocupes, mi niño. Ya verás cómo mañana te irá mejor.

Marcos se partía de risa al otro lado del salón. ¡Vean eso! El crío redicho herido en su orgullo. La mamá se vio en la indispensable obligación de echarle la bronca, claro.

- No te rías de tu hermano, Marcos. Debería darte vergüenza.

Entretanto, Alejandro garabateaba en el cuaderno con una obstinación casi febril. Nadie pareció advertir el momento justo en el que se ausentó del cotidiano cuadro familiar. Si bien el cuerpo del niño continuaba sentado frente a la mesa, sus manos trabajaban de forma mecánica. Alejandro había abandonado su hogar de puntillas, en pos del fabuloso mundo de la abstracción. Y - ¡cosa curiosa!- sus pensamientos volaban una y otra vez hacia el niño de la ventana.

Quizá porque su hermanito siempre había sido un poco raro para un niño de su edad, Marcos no supo prestar la debida atención a sus nuevas costumbres. Si le extrañó encontrarlo peinado, vestido y desayunado la mañana siguiente, media hora antes de lo previsto, o si le desconcertaron las explicaciones del pequeño, lo cierto es que aquello debió olvidársele tan pronto se encontró con Paula camino de la escuela.

- He quedado con Víctor y Jaime, en el cruce - le respondió sin más.

- ¡Anda...! - Marcos no tenía ni idea de quiénes eran Víctor y Jaime, pero eso también era normal, claro- . ¿Cuándo fue eso?

- ¡Ayer! - Alejandro ya salía por la puerta- . ¡También me vuelvo luego con ellos, así que no me esperes a la salida! ¡Hasta la tarde!

Desde entonces, los dos hermanos hicieron su vida aparte fuera del hogar. Tampoco es que les quedaran muchos momentos para compartir cuando regresaban de la escuela. Alejandro, el ceño fruncido y cada vez más inaccesible a las preguntas cariñosas de la mamá, desparramaba sus cuadernos y libros de ejercicios sobre la mesa y allí no había chiquillo hasta la hora de cenar. Ya no tenía tiempo para jugar, ni para ver la tele, ni para nada de nada. Solo copias, deberes, refuerzos. Pero él era el hermano listo. ¿Qué había cambiado?

La mamá le preguntaba a Marcos, con la preocupación pintada en el rostro.

- ¿Sabes si le pasa algo a tu hermano?

Este se encogía de hombros. No, no lo sabía. Alejandro siempre había sido un pelmazo pero no lograba recordar ningún episodio similar. Sin duda su hermanito se estaba pasando con aquella actitud hermética y sus parcas respuestas. Ya le valía.

Una noche, fue papá el que tuvo el valor de comentar lo que todos andaban pensando:

- Alejandro, hijo, vaya mala cara que tienes. No estarás incubando algo, ¿verdad? Anda, tómate la sopita y vete a dormir.

Y era verdad. De un tiempo a esa parte, Alejandro tenía un aspecto horrible: hombros hundidos, cutis macilento, ojeras kilométricas y alguna que otra osada arruga de expresión impropia en alguien tan joven. Al instante, la mamá y el papá se enzarzaron en una interminable discusión acerca de los síntomas de la gripe estacional, los efectos de la carencia de vitaminas y una posible sobrecarga en las tareas escolares. Que si el niño no tenía los síntomas clásicos, pero que si he leído que la gripe puede tener un tiempo de incubación variable, que si yo soy enfermera y de estas cosas sé más que tú... Fue entonces cuando la alarma saltó en la cabeza de Marcos.

Horas después, Alejandro lo fulminaba con la mirada.

- ¡Pero es que no quiero que te vengas con nosotros! - chillaba el pequeño con la cara desencajada-. ¡Tú tienes tus amigos y yo los míos! ¿No es eso lo que siempre me dices? ¡Jopé, mamá, dile algo! ¡Me ridiculizará, se que lo hará!

A veces, para ganar, la mejor estrategia pasa por hacerle creer al enemigo que la victoria es suya. Es una lección que Marcos tenía bien aprendida tras arduas sesiones de *Duke Nukem* y *Army Men*, entre otras valiosas fuentes de experiencia. Con aire ofendido, dejando patente su indiferencia y su desprecio por los asuntos de Alejandro, simuló dejarlo estar. Después decidió seguir sus pasos, para ver qué hacía en realidad con esos nuevos amiguitos suyos, Víctor y Jaime. Marcos conocía gente en el *insti* y sabía de buena tinta que algunos mayores, la mayoría repetidores que alardeaban de duros y experimentados, fumaban porros y otras cosas por el estilo. También sabía que entre ellos había unos pocos que no tenían reparos a la hora de ofrecérselos a los más pequeños. Todos conocían la historia de Iván Morante, el de Primero C, al que se tuvieron que llevar hospital porque tuvo una crisis con taquicar-dias después de un recreo. ¡Y si alguno de aquellos canallas había conseguido engatusar a su hermanito, se iba a enterar...!

Aceleró el paso hasta el cruce de la avenida; Marcos estaba hecho un buen deportista y esperaba dar alcance a los chicos antes de que tomaran el rodeo de las urbanizaciones. Sorprendentemente, el encuentro no tuvo lugar. Veintitrés minutos más tarde, Marcos llegaba a la escuela y no había rastro de Alejandro. ¿Dónde se había metido? ¿Sería posible que también le hubiera mentido en esto? Su desconcierto aumentó al pasar frente a la clase de Alejandro y descubrirlo ocupando su pupitre. ¡Pero qué mala pinta tenía!

Estuvo dándole vueltas al asunto toda la mañana. Por fin, a la una menos veinte de la tarde, sucedió algo. La señorita Gutiérrez, la profesora de Alejandro, interrumpió una soporífera clase de Sociales para llamarlo aparte. Quería que le facilitara el móvil de alguno de sus padres, porque al parecer Alejandro, que llevaba cabeceando toda la mañana, se acababa de desmayar en clase.

Sus padres se personaron en el colegio con una rapidez encomiable. Tras una breve charla con la profesora y la enfermera del colegio, se fueron todos directos al médico. Menos mal que aún conservaban las urgencias en el ambulatorio del barrio. Marcos vigilaba a su hermanito en el asiento de atrás del coche y se le ponían los pelos de punta al verlo así, pálido y demacrado, respirando tan débil que apenas parecía estar vivo.

–Este niño lo que tiene es un agotamiento físico severo –les dijo el médico–. De ahí que parezca tan consumido.

Al momento palmeó la espalda del padre en un agradecido intento de infundirles ánimo.

–Vamos, vamos. Ya verán que no es nada que un reposo prolongado y un buen cóctel de vitaminas acompañando las comidas no pueda arreglar. De todas formas, y para mayor tranquilidad, les voy a ordenar un análisis completo con carácter urgente ahora mismo...

–Marcos...

Esa vocecita apagada y susurrante no era lo que habría deseado escuchar en boca de su hermano pequeño, pero al menos era un comienzo. Llevaba ya cuatro días postrado en su habitación, recuperándose del extraño mal que lo había llevado al borde de la extenuación. Los análisis habían salido perfectos y citando palabras textuales de la mamá «con todos los parámetros normales», fueran lo que fueran aquellos parámetros. Y si todo estaba tan bien, ¿por qué Alejandro no mejoraba de una dichosa vez?

–Marcos... –volvió a susurrar y cuando este lo miró, vio lágrimas deslizándose por sus mejillas–. Fue culpa mía, Marcos... Culpa mía. Le sonreí. Al tragón. Él también me sonrió. Y fue tan... ¡increíble!

Marcos no supo qué decir. Por primera vez, se había quedado sin palabras. Alejandro le daba miedo. Allí en la penumbra del cuarto, donde los primeros rayos del sol pugnaban por abrirse paso a través de la persiana, las luces y las sombras proyectadas sobre su rostro lo habían imbuido de un halo siniestro.

– Tuve que ir. Me llamaba, todos los días, a todas horas. Tuve que ir, Marcos. El camino que me enseñaste, la ventana en el patio... Él estaba ahí encerrado en su habitación, tan aburrido, tan solito. Quería que lo miraran... Y lo dejé entrar, y luego le permití que me comiese...

– Sí, bueno... – Marcos se esforzaba de verdad en arrancar las palabras de su garganta–. Álex... Mira, tengo que irme al colegio. Mejor hablamos cuando vuelva, ¿vale?

Marcos salió de la habitación como alma que lleva el diablo y con los ojos llorosos: apenas podía aceptar que estaba huyendo de su hermanito. Alejandro lo siguió, con gran dolor en la mirada, y también rompió a llorar poco después. La mamá y el papá estaban trabajando, su hermano mayor lo había dejado y él se había quedado solo otra vez. Solo. Solito. Como el niño aquel. El tragón.

Iba a tumbarse cuando nuevas fuerzas lo impelieron a levantarse y caminar hacia la ventana. Pegando la naricilla al cristal, Alejandro escrutó el bullicioso mundo exterior desde la soledad de su cuarto. Entonces un escalofrío recorrió su columna. Allá afuera, en la acera de enfrente y tres pisos más abajo, se hallaba el niño del pijama de Mickey Mouse. Vestía vaqueros azules y un alegre anorak rojo con botas de plástico a juego. Seguía sonriendo, pero ahora sus ojos brillaban y su cara, de un lozano tono sonrosado, rebosaba salud y energía. El niño saludó a Alejandro, se dio la vuelta y desapareció tan rápido como había llegado.

Aquel niño que se lo había comido. Desposeyéndolo de su fuerza, su risa, su alegría. Su alma, su esencia, su ser. Se lo había llevado todo. Alejandro miró su reflejo en el cristal y lo vio allí, con su cara pálida y demacrada, los círculos oscuros alrededor de los ojos y el pelo alborotado y sin vida.

Ahora él era el niño de la ventana.

Sobre la autora de «Comer con los ojos»:

Gema del Prado nació en Madrid allá por 1980. Estudió Biología, toda una forma de vida que compagina junto a su malsana afición por el fantástico en cualquiera de sus variantes.

Como mera aficionada, ha colaborado en Aullidos.com realizando alguna que otra crítica literaria y artículos relacionados con el mundillo del cómic. Ha descubierto no hace mucho que escribir cuentos puede ser tan buena terapia como pintar cuando una idea discreta se instala en tu cabeza y, de repente, amenaza con convertirse en obsesión. Y también, que crea adicción.

Se siente muy feliz con sus logros hasta ahora, que incluyen dos Premios del Público (IV Certamen de Relatos de Terror de Aullidos.com y III Certamen Monstruos de la Razón de Ociozero en la categoría de ciencia ficción), un segundo premio aún inédito en el concurso de relatos del Fanter Film Festival 2012, dos cuentos incluidos entre los relatos finalistas del Fanter Film Festival 2013 y el primer premio del certamen Historias Asombrosas 2012 del portal Scifiworld junto a Miguel Martín Cruz.

Algunos de sus cuentos se pueden leer en la compilación de género *Calabazas en el Trastero* (varios relatos tanto en solitario como a cuatro manos, en la colección regular y en los especiales *Barker* y *Mitos de Cthulhu*), en las antologías de corte erótico *Karma Sensual 7* y *8*, el volumen *Bosques* (*2ª Antología de la Escuela de Fantasía*) y en las antologías *Amanecer Pulp* y *Halloween Tales 2013* junto a Miguel Martín Cruz.

A lo largo de 2014, otros dos de sus relatos aparecerán en un volumen especial sobre vampirismo de la editorial Saco de Huesos y en el portal de género fantástico Maelstrom. Actualmente, la autora continúa con su catarsis personal.

TE DOY MI SANGRE

Por L.G. Morgan

- Si me amaras no me dejarías morir. Si de verdad me quisieras me darías lo que te pido. Tan solo unas gotas... - no pudo evitar suplicar.

No importaba. Sabía que, en esa ocasión y ese momento precisos, era el único tono apropiado. Él la conocía bien. A ella y a todas. Era su don. Por eso siempre le amaban.

- Pero, ¿no será peligroso? - ella empezó a dudar-. ¿De veras no me pasará nada?

- Ya te lo he dicho, mi amor. Solo una ligera debilidad, tal vez un pequeño mareo, un desvanecimiento... En realidad, nada. En cambio a mí me darás la vida. Sabes que solo tú puedes hacerlo, no confío en nadie más.

Una pausa.

Un suspiro.

La claudicación.

- ¿Y cómo lo haremos? ¿Una aguja?, ¿bastará una pequeña extracción?

- No, cariño - contestó él muy dulcemente, acercándose y tomándola en sus brazos. La estrechó con fuerza y apoyó los labios en su pelo, para decir-: Hay métodos mucho más placente-ros. Solo tienes que cerrar los ojos y, antes de que puedas darte cuenta, todo habrá pasado.

- Jean... - susurró ella, con la voz ahogada contra su pecho- me cuesta... me cuesta respirar.

- Sí, querida, así es. Este es el principio.

Acabó de enterrar el cadáver de la dulce Mia. En el pequeño cementerio que había en el extremo norte de la mansión. Lo que constituía ahora su hogar había sido en otro tiempo un monasterio, desamortizado por el estado y puesto a la venta como tantas otras propiedades eclesiásticas. Jean lo había mandado remodelar en parte, para darle el aire de un lugar emblemático que vivía en su mente, dibujado por las palabras de su madre. Y también sus fotos, esas que ella le enseñaba mientras leía en voz alta aquel libro. El que contaba una historia parecida a la propia, el que lograba embellecer el horror. Pero había conservado otras partes: el claustro, el ala este, el pequeño cementerio, los muros de la capilla...

Le gustaba ocuparse él mismo de la tarea, por ingrata que fuera. Nadie más pondría su cuidado, la devoción que merecían sus cadáveres, sus hermosos cadáveres de muñecas dormidas.

Siempre había vivido de las mujeres, desde que podía recordar. O gracias a ellas, a su amor y su entrega. Mujeres de todo tipo. Feas o hermosas, dulces o alegres, inteligentes o no. Para él todas únicas, no obstante. Era su don, se repetía, él era capaz de ver lo que nadie más apreciaba. De descubrir sus anhelos más oscuros, sus necesidades y esperanzas secretas. De explorar sus sueños y así poder darles lo que querían, poder satisfacer los deseos que no se confesaban siquiera a sí mismas. Su intuición. Su don.

Y la fuente de su poder.

La primera había sido su madre. Cuando el médico habló por primera vez de algún tipo de porfiria, su madre le llevó aparte y tuvieron una larga conversación.

– Los médicos no lo saben todo, querido – le dijo con suavidad, sus hermosos ojos dorados clavados en los suyos–. A menudo hacen afirmaciones sonoras e imponentes sobre nosotros, pero no hay que fiarse demasiado de lo que dicen: solo son nombres que usan para encubrir lo que no saben.

Le explicó que no tenía ninguna enfermedad. Solo era especial, una criatura portentosa destinada a un destino superior. Ella le cuidaría, ella se ocuparía de todo, ella... Le enseñó a sobrevivir. Le enseñó a sobresalir. Ella misma le alimentó de su sangre, primero a pequeñas dosis y, cuando no fue suficiente, con ayuda de otras mujeres, generosas como ella, que supo conducir junto al hijo amado y convertir en devotas fieles suyas. Pero manteniendo, no obstante, el papel principal, el de la madre, la proveedora, porque así lo había elegido. Y en el instante final, cuando su cuerpo exhausto no pudo seguir soportando la sangría continua, le persuadió para que tomara de ella el último regalo.

– Te doy mi sangre – le dijo aquella noche – , igual que te di la vida. No hay mayor conquista ni felicidad más alta. Algún día lo comprenderás.

Luego hubo que seguir viviendo. Sin ella. Abandonó la casa donde había crecido e hizo su vida en cualquier parte que resultara fructífera. Pero siempre con la idea del regreso. A ese pasado y a ese estado en el que había sido feliz. Hubo muchas mujeres, pero de todas ellas conservaba el recuerdo; podía evocar sus nombres y su olor, el perfume de su piel, el sabor de sus labios.

También había matado hombres, claro está, tenía en su haber unos cuantos. Pero eso era necesidad; lo otro, arte. Los hombres cumplían tan solo una función alimentaria; ellas, en cambio, eran también sustento para el alma. Tenían algo, no sabía precisar qué, que necesitaba por encima de todo, una cualidad inherente y esquiva hacia la que su instinto lo empujaba con la ferocidad de un animal hambriento. Esa búsqueda había sido su vida cada día y cada noche, de día soñando y cazando durante las horas de oscuridad. Horas eternas de insomnio elaborando sus planes o llevándolos a término. Noches iguales a la que ahora lo esperaba.

Terminó de alisar la tierra removida, sacudido por la emoción, y colocó sin mayor esfuerzo la losa primorosamente tallada que sellaba la tumba. Luego volvió a la casa. Subió la amplia escalinata camino de su dormitorio, a oscuras. Cuando estaba a solas nunca usaba la luz eléctrica que había mandado instalar. Él no la necesitaba. Se tumbó sobre la cama, enorme, anacrónica, rodeada de pesados cortinajes. Y pensó en ella, la otra, su nuevo objetivo.

El perfume de Mia aún flotaba en el aire y, por alguna extraña razón que no comprendía, eso hizo crecer aún más su excitación, mientras en su mente la imagen de Camille lo iba llenando todo. Ya faltaba poco, se dijo, había preparado bien el terreno y solo era cuestión de tiempo que ella cayera en sus brazos.

- Camille, por el amor de Dios, no hables así.

- Pero es la verdad, querida amiga, no sirve de nada ignorarla. Él me ha despertado... por dentro. Ahora lo sé, yo estaba dormida y su voz y sus manos han venido a sacudirme de este sueño, para arrastrarme a la luz y hacerme arder en este fuego que me consume.

- ¡Camille! - solloza la dulce Lucie-. Te condenarás. Esas cosas tienen que ser pecado. - Luego susurra, escandalizada-: ¿Cómo te atreves a hablar de sus manos y su boca y...?

Camille se burla, agarra a su prima por los brazos y posa su mirada de fuego en los ojos verdes y mansos que la contemplan con horror.

- Sus manos que me acarician, sí. Y su lengua que me recorre entera - pronuncia con premeditación, divertida ante la turbación que causa en su prima-, como yo le beso y lamo su dulce piel. Clavó en mí sus ojos oscuros y supe que quería irme con él. Esos ojos me hablaron de otras vidas y otros sueños, promesas de lugares sucios y oscuros que ansío conocer, e imaginé hacer con gusto cuantos actos innombrables puedas pensar.

Lucie se suelta con esfuerzo y su prima ríe a carcajadas. Sus palabras la persiguen mientras sale de la habitación:

- Huye, cobarde, si ese es tu deseo. El precio es esa vida gris, mustia y vacía, que conoces.

La voz de Camille se ha vuelto triste y nostálgica. Parece desmentir la seguridad de las palabras. O quizá es solo la pena de la ruptura. Con Lucie, todo lo que ha conocido hasta el momento queda atrás para siempre.

Coge su abrigo, tirado sobre uno de los sofás de brocado, donde ella misma lo ha arrojado hace apenas una hora, y mientras se envuelve con él abandona la casa y se interna en la espesura, que la rodea como un amante. Acude junto a él, serena y hermosa, piel pálida y cabello rojo aleteando entre el verde y oro del otoño tardío.

Allí está él. Elegante en sus ropas oscuras, con su hermosa y blanca piel sin edad, con sus manos siempre enfundadas en suaves guantes de cabritilla. Y su pelo negro y largo enmarcando las facciones solemnes. Para Camille es el hogar inmutable, siempre a su alcance, ajeno al tiempo. Aquel día escapará con él. Ha prometido llevarla a su hogar y convertirla en su dueña.

Se refugia en su abrazo sin pronunciar palabra. Está allí, ha acudido a la cita, ¿qué más necesita decir?

- ¡No puedo creerlo! –exclama Camille extasiada, cuando descienden del carruaje y contempla por primera vez la casa–. Es *tan* hermosa. Parece una réplica de aquella mansión... la villa Diodati de Byron, ¿no es así?

Jean sonríe con placer. No se ha equivocado con ella. Camille lo adivina todo, intuye sus pensamientos y anticipa sus deseos aun antes de que los haya expresado con palabras. Le conoce, puede ver en su interior como ninguna antes lo ha hecho. Ni siquiera su amada madre. Y eso le hace sentir tan completo...

A los pocos días ya parece que la hermosa mujer, de la que se confiesa completamente enamorado, hubiera vivido allí toda la vida.

- Tienes que despedir al servicio - le dice, vehemente, tan solo una semana después–. Quiero que estemos solos. Tú y yo, nadie ni nada más importa.

- Como desees – contesta él. Porque tiene razón: en verdad, nada más le importa.

Y pasan los días, sonámbulos, hasta que el tiempo se confunde y la realidad se apaga y se borra al otro lado de cada ventana. Hasta que todo es solo un aquí y un ahora.

– Camille, Camille… Camille – su nombre se ha vuelto una letanía en su mente. Lo llena todo. Lo tiene presente a todas horas, clavado en la cabeza y tatuado en la piel, su piel mordida, arañada, rasgada… Porque ella se ha vuelto insaciable y cruel. Ha probado la sangre y siempre quiere más.

Hacen el amor todo el día, y el resto del tiempo Camille le exige continuas muestras de afecto, palabras dulces y sensuales caricias que le demuestren el dominio que ha adquirido sobre la presa. Jean puede ver crecer su alma, la de ella, y hacerse invencible, más y más profunda, más y más poderosa; mientras su cuerpo antaño vigoroso languidece y su espíritu se enrosca satisfecho a los pies de Camille. Es como un animal domesticado que solo vive para las caricias de su dueña. Pero ella le mima también, no le deja un minuto a solas, constantemente está pendiente de sus deseos, se empeña en cumplir cada pequeño impulso de su voluntad. Le comprende como ninguna antes.

No ha sido capaz de matarla. No ha querido. En vez de alimentarse totalmente ha preferido contenerse, tomar solo pequeños sorbos de vida, de manera que ahora es una como él. Y él le está enseñando a sobrevivir. Le está enseñando a sobresalir. Y ahora, cuando su cuerpo exhausto no puede seguir soportando la sangría continua, la persuade para tomar de él el último regalo.

– Te doy mi sangre – le dice aquella noche, con las mismas palabras de entrega que recibiera una vez –. Te doy mi vida.

Y comprende lo que ha estado buscando siempre, cuál es el don, esa cualidad inaprensible que envidiaba a todas sus conquistas. Porque no puede haber mayor conquista ni felicidad más alta. Porque ahora es Dios, y ha creado a su criatura.

Sobre la autora de «Te doy mi sangre»:

L.G. Morgan (Madrid, 1969) es psicóloga clínica y escritora. Relatista reincidente y novelista en ciernes que gusta de mezclar en sus escritos lo real y lo fantástico, el pasado y el futuro, es la autora de la antología *Entremundos* y ha sido galardonada con el Premio Nosferatu de los lectores por "El Círculo de los Viernes" (*Calabazas en el Trastero: Especial Poe*, Saco de Huesos) y premiada en el II Certamen del Círculo de Escritores Errantes con el western "Un agujero en la tierra", varias ocasiones en el Concurso Hislibris de relato histórico de Ediciones Evohé ("Barón Von Humboldt" , 2011; "Istanbul, en otra vida", 2012; "Concubina Imperial", 2013), en el Concurso de Microrrelatos de Focus on Women con "Persiguiendo su sombra", en el XV Certamen literario de cartas de amor Villa de Mijas con "Estimado Sr. Montgomery" y en el V Concurso La Revelación con "En la era de los Antiguos Dioses".

Ha quedado también dos años entre los finalistas del Concurso literario La Felguera y una en el II Concurso de relatos LaVisita y Larruzz Bilbao 2010 con el relato "Bodas de oro". Su carta "Testamento" para el Concurso Háblame de amor fue publicada por el Ayuntamiento de Roquetas de Mar y su relato "La noche más larga en la vida del reverendo Stockholm" fue seleccionado en el Certamen literario sobre fantasmas, espectros y apariciones del Athnecdotario Incoherente y publicado en 2013 por Ediciones La Pastilla Roja.

También ha publicado el relato "Almas en danza" (*Calabazas en el Trastero: Terror Oriental*, Saco de Huesos), y ha participado en los proyectos *Crucero por el amor y la muerte* y la antología *5 años de Relatopía*, así como en calidad de prologuista en la antología *Hasta siempre, princesas*, organizada por el colectivo Cultura Hache.

Es miembro del Club de Escritores de Relato Corto "Relatopía" y administra un blog literario interactivo llamado *Destino, un proyecto de Literatura en vivo*, y otro personal: *Literatura con estrógenos*.

EL ORIGEN DE LOS HEMATÓFAGOS

Por Ángel Elgue

A Magdalena Reyes Hansz

NO SABEMOS PRECISAMENTE CUÁNDO el falso diario íntimo de Juana Carrillo de López fue adquirido por Sir Osman Ali Khan, pero existe un atlas propiedad de este último, editado en Londres a finales de 1940, donde permanecen escritas sobre un mapa geográfico de América del Sur, en un descuidado telugu, las siguientes palabras: *página 269 Diario - reliquia*; a continuación y con el mismo trazo en alfabeto latino: *Lilith*. El texto refiere al poblado paraguayo de Humaitá, encerrado en un círculo dibujado con saña. En efecto, se hace mención de un objeto milenario, y aunque el documento original se conserva desde la década de los '80 y extraoficialmente en las profundidades del Vaticano, existe una copia de la cual confirmamos la constancia de la reliquia en la página citada.

Nos hemos cuestionado el porqué de esta búsqueda, por qué el último Nizam concentró parte de su energía y fortuna en una cruzada digna de un loco, y teorizamos acerca de su apetito sexual. Coleccionista empedernido, poseedor de vastas biblio--tecas, joyas, obras de arte, y curiosas rarezas de valor incalculable, el hombre más rico del mundo hasta casi la mitad del siglo XX, gozó también de una de las mayores colecciones de concubinas. El misterioso copista del falso diario - sospechosamente ambidiestro, capacidad utilizada con el fin de ocultar su identidad- anotó en los textos de su investigación sobre la obsesión de coleccionar a Lilith. Tras revisar los escritos del copista, es fácil concluir el fracaso de Sir Osman Ali Khan por sumar a su harén a la madre de los vampiros. No obstante, renglones más abajo, recogemos los extractos más significativos de la transcripción del falso diario hasta llegar a dicha página para comprender la relación entre la localidad paraguaya de Humaitá, la reliquia y Lilith, pues a pesar del fiasco del último Nizam, entendemos como aspecto positivo la relevancia de la monumental empresa para arrojar luz sobre un tema velado por la Historia, minimizado y vilipendiado por las diversas esferas del poder, principalmente la eclesiástica.

Aclaramos también que no es en realidad un diario, sino memorias, y es falso dado a la marcada e inequívoca diferencia en cuanto a la caligrafía, además de distar pragmática y hermenéuticamente en todo sentido con cualquier otro texto producido por Juana Pabla Carrillo de López. Conjeturamos que el real autor del documento procuró la supervivencia de su escrito asignándole el nombre de la primera dama del Paraguay y es probable que por esto mismo haya sobrevivido a la Guerra de la Triple Alianza, aunque no pudo impedir su parcial incineración.

Hemos hecho labor de filólogo para presentarlo legible, comprensible, adaptando algunos términos en desuso y conservando lo máximo posible sin alterar significado. Principalmente nos excusamos ante el lector que notará sin duda la propia extrañeza derivada de la fragmentación del documento en el hilo conductor de los hechos.

Sin más preámbulo, he aquí lo que sobrevivió a las llamas.

[...] Ninguno de los nuestros hubiera arriesgádose surcar las aguas monstruosas hacia las Indias de Occidente durante más de tres meses con escaso sustento de coágulos, salvo, ciertamente, por los aborígenes. La sangre es para nosotros lo que el oro y la plata es para los mortales, y por eso el Longevo decidió embarcar a tres de nosotros tras la capitulación firmada en la ciudad de Toledo, una [...]

[...] Nunca pensamos en las penurias de la mar [...]

[...] por el río que llaman de Janeiro, fue la tumba de Osorio. Presenciamos ahí la primera bestialidad de la expedición cometi-

da por los mortales desde que zarpamos de San Lucar de Barrameda [...]

[...] El asesinato fue una buena noticia porque hacía mucho que no nos alimentábamos como corresponde, aunque su sabor fue agradable, sabíamos que lo especial era [...]

[...] fue el primer contacto con un indio. Los tupies atraían por su piel morena. A diferencia de la mayoría de los mortales europeos, de quienes la blanca piel trasparentaba las venas como una mujer despojada de sus ropas, la piel del indio sugiere porque es más erótica, detrás de ella uno imagina un manantial de sangre voluptuosa en un dibujo de torrentes diseñados para la eyección de un placer exclusivo para nosotros y [...]

[...] Fuimos transportados en bateles abarrotados. Pensar la cantidad de gente involucrada en la fundación de Nuestra Señora del Buen Aire, y pensar en esta misma gente muerta después por el hambre y los ataques de los indios [...]

[...] traían pescado y carne que era devorada por el contingente de mortales, mas para nosotros lo único interesante fue saber de las prácticas de estos querandíes durante el verano, que tierra adentro y hallándola seca, beben la sangre de los animales salvajes para aplacar la sed cuando [...]

[...] el general don Pedro de Mendoza ordenó la matanza de muchos. Allí probé por primera vez esa preciosa sangre. Ni el mejor de los vinos podría igualar el sabor de la vida del nativo de estas tierras. Es como degustar la propia pureza del alma, es adictivo, excitante y el alimento más embriagador que de los nuestros alguien haya podido probar. Cuánta diferencia con la del europeo, que apesta a sus enfermedades, sus costumbres, su rabia y su [...]

[...] Al sobrevenir el hambre para los mortales que tragábanse sus propios zapatos, llegando algunos incluso a comerse entre ellos. La abundancia de aborígenes libres de sífilis hacía de la ingesta una experiencia infinitamente más gozosa para nosotros [...]

[...] Casi veinticinco mil indios de los querandíes, guaraníes, charrúas y chana-timbúes azotaron el asentamiento reduciéndolo a cenizas. Fue el fin de Nuestra Señora del [...]

[...] Seguimos navegando río Paraná arriba. La humedad del ambiente pegábasenos a la piel. Allí en el Lambaré, tierra de los carios, el fatal destino de los mortales dio un giro, así también para nosotros, cuando nos encontramos con apetitosos especímenes. [...] tenían miel y hasta vino, pero sobre todo excesiva cantidad de algodón. Era el paraíso, todos completamente desnudos, entregaban a sus mujeres a cambio de cuchillos, camisas o cuentas de vidrio. Su amabilidad duró lo suficiente hasta saber que alimentar a casi medio millar de forasteros supuso un problema. Para los nuestros, muy al contrario, fue sencillo hacernos de dos o tres bellezas repletas de su jugo divino y dispuestas también a complacer cualquier deseo carnal libres de ataduras morales. Nuestro paraíso ancestral, coronado con un festín de sangre. El capitán Juan Ayolas decidió [...]

[...] Derrotamos a los carios y los usamos para construir un fuerte llamado Nuestra Señora de Asunción, así fue fundada por el temor de estos indios. Dispusimos de ellos para arrasar con pueblos anteriores en [...]

[...] Río Paraguay arriba [...]

[...] Deseoso de llegar a las famosas tierras ricas en oro y plata, Álvar Núñez Cabeza de Vaca ordena adentrarse por tierra. Las bellas mujeres jarúes iban pintadas de azul desde los senos hasta las partes íntimas. Fornicar con ellas es como bailar un vals en el infierno, y su sangre es deliciosa. Me sometería a mil años de tormentos por tan solo una mísera gota.

Recordé en aquel agreste paisaje de desórdenes ancestrales las palabras del Longevo. No muy distinta de la hebrea, nuestra tradición intenta explicar nuestro origen en los tiempos de la Creación. La lujuria, la falta de culpa, la incomprensión del pecado hace de estos salvajes los herederos [...]

[...] Los mortales presumieron la triste historia de nuestra madre, como aquellos pocos eruditos encerrados en sus monasterios estudiando reproducciones manuscritas del Alfabeto de Ben Sirac, *y que con severa dificultad pueden esbozar algún retazo o siquiera imaginar la verdad. Eva no fue la primera mujer creada por Dios. Antes sobrevino Lilith, del mismo barro desde donde surgió Adán, su igual, quien negó someterse ante este, negó ser sumisa, a permanecer debajo durante el acto de la cópula. Lilith nunca quiso ser madre, cuando pronunció el nombre prohibido de Dios para huir del paraíso, entregose entera a los más abominables placeres carnales con toda clase de criaturas y con versiones inferiores, defectuosas del primer hombre. A veces engendraba hijos. Su hacedor tomó partido por el macho, Adán, y por eso la castigó, no sin antes crear un sustituto más obediente a partir de una de las costillas [...]*

[...] El desenfreno sexual de Lilith más allá del Edén encendió la ira del Señor y así fue condenada a parir eternamente cien hijos por día. No quedaba uno vivo hacia la media noche. Nuestra raza surge de todo nacimiento previo a esta condena [...]

[...] Cuando los jarúes nos informaron acerca de las amazonas, más allá de una tribu de caníbales, creí posible dar con las características más notables de esa rebeldía [...]

[...] No solo lo confirmé en su forma de vida guerrera, acaso también en la expresión de sus más bárbaras pasiones. Son excelentes amantes a pesar de la ausencia de uno de sus senos [...]

[...] yo ya me había extraviado entre pantanos, insectos gigantes y bosques tupidos, y no supe nada de los mortales que había dejado atrás por mi arrolladora sed de sangre. Desde la tribu de los yacaré, las gentes ya no tenían las fisionomías convencionales [...]

[...] Nuestra madre conservó su inmortalidad porque no estaba en el paraíso cuando Dios expulsó a Adán y Eva por su pecado original. Desde ahí, decía el Longevo, la humanidad quedó dividida en mortales e inmortales. Es de admirar [...]

[...] Explicaba nuestra relación con la sangre como una conse-
cuencia del destino sujeto a las costumbres sexuales de Lilith.
Entregada durante cientos de años al frenesí del coito grupal sin
descanso y sin pausas, la energía debía ser tomada de sus aman-
tes. A falta de comida en el desierto, una población de condena-
dos débelas ingeniarse. Era preciso contrarrestar la sensación del
hambre y la única fuente de alimento era la sangre. Nuestra
madre lasciva bebió tanto en el acto que el tiempo le quitó el
deseo de cualquier otro comestible, y su prole, ya dotada de tal
apetito y de inmunidad a la muerte por causas naturales, pobló la
tierra lo mejor que pudo entre persecuciones [...]

[...] Mis dos compañeros, encomenderos certificados por el
capitán Martínez de Irala en Nuestra Señora de la Asunción,
hacían de las suyas, cautivaban a las indias y hacían uso y disfrute
de estas. Alimentábanse de algunas y complacíanse de otras en
tiempos donde cada mortal disponía de un promedio de treinta
indias para recreo [...]

[...] Llegó una epístola con claras instrucciones por dar al
encuentro de Lilith. Personalmente me ausenté por casi dos déca-
das buscándola por segunda vez en las profundidades de la selva,
pasada la tierra de las amazonas en esta suerte de tupido y peli-
groso Edén en pleno [...]

[...] Ya hasta por diversión los mortales les torturaban. Coloca-
ban el mentón del salvaje sobre un soporte. Primero reventaban
las piezas dentales, las mandíbulas, y mientras más presión, más
crujía el hueso hasta estallar el cráneo haciendo fluir el cerebro
como si fuese la lava gris de un volcán desde las grietas de la
mollera y por las cavidades oculares. Una de sus favoritas era la
sierra. Los nuestros empachábanse de sangre a cada víctima. El
condenado colgaba de los pies para asegurarse la buena irrigación
del cerebro y así permanecer consciente el mayor tiempo posible.
En dicha posición iniciaban con lentitud el corte desde los testícu-
los hasta el pecho [...]

[...] recogíamos el jugo de los empalados [...]

[...] Muchos de los nuestros ya habían emigrado a estas tierras por la abundancia de esta fascinante sangre. Yo había comenzado a notar la diferencia en el sabor después de casi medio siglo, sabor a gripe, sífilis u otras pestes europeas. Empero formose en tiempos posteriores a la refundación de Buenos Aires una ruta secreta donde el preciado jugo de estas gentes circulaba bajo reglas de un comercio íntimo. Vinieron con Juan de Garay dos de los nuestros, en su mismo barco, un par de años después sumábamos dos docenas [...]

[...] a Lilith por tercera vez. Todas las pistas me conducían hacia el corazón de la jungla. Los mortales ya habían olvidado estas zonas porque la plata estaba en Potosí [...]

[...] Pasé poco menos de un siglo en la verdosa espesura llena de serpientes, conviviendo con indios que nunca habían visto a otros seres humanos. Me negué a regresar sin respuestas, acaso por amor propio debía encontrar a la Madre. Me uní en carne con varias montoneras. Su forma de vida encajaba con la descripción del Longevo; vivían como Lilith, apareábanse constantemente y algunas tribus consumían carne humana [...]

[...] Me ofrecieron voluntariamente su sangre, y debo afirmar que cuanto más salvajes y más en el interior de la tierra encontrábanse estos grupos, más desquiciante era su sabor. Un nativo cuya forma me recordó a los yacaré, me habló de una mujer joven pero más anciana que todos los árboles [...]

[...] Deambulaba con escolta animal. Una serpiente tres veces mayor a la vista en tierras de los mocoretás, cuando emprendimos viaje río arriba después del sitio de los querandíes a la primera fundación de Buenos Aires [...]

[...] Grupos de hermosas hembras parían y le entregaban a sus hijos para absorberles el plasma con la ayuda de una cánula de plata [...]

[...] No hay mortal en la tierra capaz de penetrar tan profundo [...]

[...] Con la cánula perforaba el tejido cavernoso de los machos y también de estos alimentábase [...]

[...] Su rostro parece expresarse en eterno éxtasis. Vive y hace vivir placeres indomables y deliciosos de un mundo en tinieblas a las espaldas de Dios. Yo no conocería mortal o inmortal, criatura alguna, capaz de rechazar darse en sacrificio por apenas tocarle tan solo uno de sus cabellos [...]

[...] No fui comprendido [...]

[...] siguieron mis pasos, no pude[...]

[...] No sabe pelear. Habla en el idioma de la carne excitada [...]

[...] varios hermanos [...]

[...] Después de un siglo desde mi viaje transoceánico, después de tanto tiempo sin sentir frío sobre estas tierras cálidas y húmedas, su historia me dejó helado. No sabía leer ni escribir; sin embargo, hablaba todos los idiomas de la tierra. No supo explicar su origen, ni llevaba tampoco la cuenta de los años del mundo. Había perdido interés por el pasado y el futuro debido a su condición perpetua, tenía la sensación, percibía por efecto de su interminable vida, que la rueda era un descubrimiento reciente. Recuerda su primera casa como un inmenso jardín y por eso le gustaba este entorno silvestre. Mencionó a Adán, con un nombre impronunciable, y describió su partida hacia la primera costa que halló por los motivos ya formulados por los antiguos babilónicos. Aquello era el Mar Rojo, y así fue nombrado porque las largas ingestas de sangre teñían la vertiente [...]

[...] Fue incontables veces adorada como una diosa, fue grabada en tablillas de terracota por sumerios y moldeada en monumentos de oro por asirios. Empero siguió profesando su guerra contra Dios, contra la idea de una entidad superior y autoritaria para antes y después ver al Hombre tiranizarse a sí mismo. Dijo haber subido varias veces a la torre de Babel. Vio millones de guerras y dio la vuelta al mundo mil veces. Sobrevivió a lluvias inacabables en la cima de una montaña nevada que sobrepasaba las nubes. Su castellano sonaba como el de los moros domesticados del Al

ándaluz y narraba los acontecimientos de una forma casi irreconocible desde la perspectiva histórica conocida por los mortales. Cuando, por ejemplo, explicose acerca de la construcción de un puente sobre el Helesponto hecho con setecientos navíos mercantes unidos y anclados con cuerdas de lino y papiro, por el cual atravesó una línea de guerreros aqueménidas, hube de hacer esfuerzo de entendimiento para llegar a concluir que hablaba de la campaña del rey Jerjes I.

Con estas maneras de narrar, dijo haber sido Semíramis, de cuyo reinado hiciéronse los jardines colgantes de Babilonia. Fue la reina egipcia Notocris y Helena de Troya. Los griegos la llamaron luego como Afrodita y no fueron pocos los marineros del Mediterráneo que entregaron su sangre en ella atraídos por el timbre de su voz. Fue reina en [...]

[...] López padre, el primer presidente del Paraguay, decidió bajo la influencia de su esposa encargar la construcción de una fortaleza ejemplar y de un templo de proporciones notables [...]

[...] San Carlos Borromeo de Humaitá llegó a ser la más grande de Sudamérica. Nuestros infiltrados ganaron poder e incentiva-ron su edificación. Fue tan colosal su envergadura como para resguardar en sus túneles el Acetre de la primera sangre. El secreto fue máximo, pues [...]

[...] Había leído el tratado de Augustin Calmet y ocupé luego el tiempo libre en una literatura inglesa protagonizada por los de nuestra especie. Cuando los acorazados de bajo calado pasaron las cadenas del Río Paraguay, atravesando el bombardeo de la fortaleza, diose orden de evacuar la ciudad de Asunción. A tres cuartos del relato, suspendí por largo tiempo, pues la desgracia de la guerra aproximaba. El europeo moderno nos transformó. Olvidando lo visceral de nuestra naturaleza, nos vistió de etiqueta y encapotó. Nos otorgó largos incisivos, y nos rebajó al nivel de las bestias haciéndonos succionar la sangre directamente del cuello de las víctimas, cuando ni somos tan elegantes y agraciados, ni tan animales e histriónicos. Descansamos en camas, lloramos, reímos, nos reproducimos como la naturaleza ordenó para todos los seres humanos, disfrutamos del sol y los espejos nos reflejan, el ajo nos es indiferente empero una simple bala en las partes vitales nos hace morir. Tal vez la ciencia moderna explique nuestra inmunidad y longevidad. Yo de momento no pretendo dejar el mundo por crueldad de brasileros, argentinos y uruguayos. Me marcho con mi madre a su selva. Debería antes destruir el Acetre que porta su sangre, no conviene salvaguardarlo en malas manos, pues quién beba de ella [...]

Sobre el autor de «El origen de los hematófagos»:

Ángel Elgue nació en 1984, en Montevideo, Uruguay. Actualmente es técnico en Comunicación Social. Vive en Barcelona y si bien ha escrito varios cuentos, su único trabajo publicado, "El mensaje secreto de los piojos", vio la luz en la antología *Sopa de letras – La cena de los hermanos*, realizado por ediciones Fergutson.

BILLION DOLLAR BETSY

Por Javier Fernández Bilbao

AL TOQUE DE CAMPANA, la turba de pequeños monstruos cruzó las puertas de la escuela a toda velocidad y se dispersó enseguida en todas direcciones. El joven Wilbur salió a la carrera por Orange Street brincando de charco en charco, espoleado por el viento racheado y los dardos de lluvia. Dentro de su cartera los lápices de colores tamborileaban sobre las tapas de los cuadernos tras cada brusco aterrizaje, y aquellos personajes bigotudos y de semblante pálido que aparecían en las fotos de su libro de historia probablemente llevaran un buen mareo temerosos de naufragar en un mar de letras embravecidas.

Instantes antes, la maestra les había comunicado que las clases se pospondrían al menos durante una semana, y la inesperada noticia fue acogida con satisfacción por casi todos. Pero la tierna cabecita de Wilbur Rittenhouse era un batiburrillo de ideas contradictorias. En parte se encontraba más contento que un perro con su hueso, pero, por otro lado, sentía un lógico temor ante la llegada de «Betsy», un huracán de cuarta categoría que – según les explicó la señorita Fallon– sopló días antes sobre las Bahamas con vientos de hasta ciento cuarenta millas por hora. Wilbur desconocía el alcance real de lo que se les venía encima, pero en cierta manera llegaba a olfatear la preocupación de los adultos por cuanto preferían liberarlos de las condenadas clases.

El pequeño Wilbur pasó como una exhalación frente al cementerio de Tolomato y, al girar la esquina, se dio de bruces con tres hombres que salían de la taberna del Tiburón Blanco. Nunca era demasiado pronto ni demasiado tarde para hallarlos paseando su atolondramiento con unas copas de suero hemático de más. Y por cuestión de mala pata, Wilbur tropezó en la zancadilla de Stanley Shatswell, el padre de Calvin, tan carente de educación y buenas ideas, como mal estudiante demostraba ser su hijo. El hecho es que a Wilbur le habría encantado la escuela y aprender cuanto pudiese si no fuera por los empujones e insultos que Calvin y sus secuaces utilizaban contra él casi a diario. Su asignatura preferida y en la que obtenía mejores calificaciones era en la que se contaban las peripecias de los seres pálidos y bigotudos, y allí aprendía entre otras muchas cosas que los de su raza, al hallarse justo entre ambos bandos, debían ser fuertes ante todo.

A pesar de que la segregación racial fue declarada inconstitucional en los colegios públicos, solo seis niños-lobo fueron admitidos en las escuelas de la ciudad. Las casas de Bernie y Harold fueron incendiadas, y las familias de Louis y Eugene forzadas a marcharse de la región después de que sus padres fueran despedidos de sus trabajos. La vida no era nada sencilla para los licántropos. Todavía no. Y aquello no era preciso leerlo en los libros.

Estaban viviendo la historia en sus propias carnes.

El pasado año – la víspera de la celebración de los cuatrocientos años de historia de San Agustín de la Florida–, Martin Lupus King y otros dirigentes de los derechos civiles de los lobos habían llevado a cabo una acción directa para denunciar lo ocurrido, y todo el mundo pudo saber a qué tipo de monstruos se enfrenta-ban. Sucedió que organizaron una marcha nocturna alrededor del antiguo mercado de esclavos que terminó con los manifestantes atacados por los segregacionistas, y que se saldó con la detención de cientos de individuos, entre ellos el padre de Wilbur. La tensión alcanzó su punto álgido cuando un grupo de manifestan-tes se tiró a la piscina del motel Monson, prohibido a los lobos. La fotografía de un policía vampiro zambulléndose para arrestar a un manifestante y la del propietario del motel vertiendo nitrato de plata en la piscina para hacer salir a los activistas se propagó por todo el inframundo; y aquello bastó para desacreditar el discurso de libertad de los Estados Sombríos de América. Los manifestan-tes aguantaron la violencia física y verbal sin responder, lo que en-trañó un movimiento de empatía nacional que ayudó finalmente a la aprobación de la nueva Ley de Derechos Civiles para Criaturas Nocturnas.

A Stanley Shatswell no le gustaba nada que la historia reciente de su ciudad se viese alterada de pronto, y no le parecía mal que su hijo, y los hijos de sus amigos, suspendiesen los exámenes por negarse a contestar bien las preguntas relativas a la nueva circunstancia del colectivo licántropo.

– ¡Hey! ¡Mirad con qué nos hemos tropezado, muchachos! – dijo Stanley tras limpiarse las babas con el dorso de la mano.

– Dicen que pisar mierda trae suerte... – contestó un Gus Binford presto a darle un puntapié.

– Esperad. Levanta chico. Que te levantes he dicho.

El pequeño Wilbur tomó su cartera del suelo y levantó la vista hacia el señor Shatswell, que recogía hacia arriba un flequillo mojado y sucio.

– ¿Acaso no te enseñaron modales? – interrumpió Humphrey Bigellow dándole un empujón en el hombro– . Claro, esa puta que tenéis por maestra disfruta haciéndoos creer que podéis ir por ahí como si tal cosa, atropellando a la gente respetable de esta ciudad.

– Discúlpenme. Lo siento mucho... – dijo el chico trastabillando hacia atrás.

– Bah, no importa. Esto tenía que pasar alguna noche.

– Gracias, señor. ¿Puedo irme ahora? Mi madre me está esperando.

– Aguarda un poco, muchacho. No lleves tanta prisa. – Gus y Humphrey lo miraron atentos. Stanley estaba tramando algo, no solo hacer mofa de un insignificante niño– . Antes de dejarte marchar, me gustaría comprobar si de verdad eres tan digno de corretear por estas calles y mear en sus esquinas, como de aprender en nuestras escuelas. Sí, eso haremos. Un breve examen oral. Repasemos lo que sabes. Calvin me ha contado que eres un muchacho aplicado y que sacas buenas notas en los exámenes de Historia. Veamos si es cierto, o si por el contrario esa jodida maestra te da ventaja frente al resto solo por ser un perro. ¿No os parece justo, muchachos?

–Si no contestase bien sus preguntas, señor... ¿qué piensan hacer conmigo? –Wilbur lo puso en apuros delante de sus compinches.

El cerebro de Stanley trabajaba más despacio, y este aún se hallaba meditando un castigo, no las preguntas que había puesto como excusa para no dejarlo ir. Todo le parecía poco; o al contrario, demasiado hasta para un mocoso, aunque fuese lobo. La anemia hemolítica le susurraba cosas extrañas, indecentes, retorcidas. Bajo aquel cielo turbio, sin testigos... todo podía ser. Sus compañeros estaban expectantes. Era su oportunidad. La ocasión de enmendar sus frustraciones. Ahora o nunca. El huracán arrancaría las huellas y las ganas de la policía por seguir investigando. Un niño que no regresó a tiempo. Una casa destartalada que probablemente no resistiría el tornado. Unos padres rebuscando entre maderas y escombros. En una semana solo sería otro de los desaparecidos, una víctima más de la furia de «Betsy».

–Te irás a su debido tiempo, muchacho. Seguro que lo harás muy bien... pero no aquí. Nos estamos empapando de agua ¿comprendes, verdad? Mi amigo tiene la camioneta aparcada no muy lejos de aquí –con un gesto de su mentón, exhortó a Humphrey a ir por ella. El tipo se quedó parado, indeciso, pero Stanley clavó sus ojos enrojecidos en él, para disipar toda duda acerca de quién llevaba la voz cantante.

–Ve y no tardes. Haz lo que te digo. Ahora.

El pequeño Wilbur podía transformarse, podía aullar. Pero... ¿quién saldría en su ayuda? Su casa aún quedaba lejos. Y el señor Shatswell le cortaba el paso sin disimulo. Solo le quedaba echar a correr hacia la carretera, pero no podría escapar siendo perseguido por una camioneta. Así que el chico hubo de encomendar su suerte al averno y a sus conocimientos de Historia Oscura de América, aunque dudaba que estos le bastaran para apaciguar la sed de venganza de aquellos tres tipos.

La camioneta dejó atrás la ciudad vieja y atravesó la bahía de Matanzas pasando frente al histórico Faro de San Agustín. Humphrey Bigellow conducía despacio bajo el creciente temporal intentando ecolocalizar algo tras el parabrisas. Entretanto, Wilbur se hallaba hundido entre los hombros de sus captores, invisible al coche patrulla que venía en sentido contrario. Al apercibirse del brillo de las luces dio un respingo en el asiento, y maldijo porque le dieran el alto al conductor vasodilatado. No obstante y como por arte de magia negra, las oscilaciones del volante se corregían en el último momento gracias a imprevisibles ráfagas de viento, haciendo que la camioneta del señor Bigellow circulase anormalmente recta por la carretera.

Los ecos de la sirena del coche patrulla se apagaron en un lejano lamento, al encaminarse con rapidez a cualquier otra urgencia de la ciudad. Y Wilbur se desesperó por ello.

Sin mediar palabra entre ellos, llegaron a las marismas de Salt Run. Una vez allí, la camioneta viró por un camino de tierra para enseguida perderse de vista entre los matorrales. Wilbur tragó saliva. No podía huir. Pero necesitaba intentar algo, cualquier cosa. Entonces, comenzó a parlotear en un desesperado impulso, apenas sin pensar las palabras, haciendo gala de su memoria y casi de manera automática:

- San Agustín es el asentamiento europeo más antiguo de los Estados Sombríos de América. Los españoles exploraron la zona hasta mediados del siglo XVI, pero fue un contingente de hugonotes franceses quien alzó un fuerte en la desembocadura del río San Juan...

- ¿Pero qué demonios...?

- ...Pedro Menéndez de Avilés dio fin a los piratas franceses y fundó la ciudad de San Agustín de La Florida el 28 de agosto de 1565, cuarenta y dos años antes que los ingleses comandados por Sir Francis Drake, establecieran una colonia de vampiros en Jamestown.

– ¡Haz que se calle ese mocoso Stanley! ¡Me desconcierta y nos vamos a estrellar! – prorrumpió Humphrey Bigellow, alterado.

– ...Los No Muertos destruyeron muchas construcciones españolas, pero no la misión Nombre de Dios – chilló aún más fuerte Wilbur– , que es el único lugar santo de esta tierra por ser el primero en donde se celebró una misa...

– ¿Qué cojones te pasa, muchacho? – lo increpó Stanley Shatswell– . ¿Buscas enfadarnos, o qué? ¿Acaso quieres servir de cena a los caimanes? ¡Calla ya, o será peor!

– ¡En 1620 los Padres Peregrinos construyeron la ermita en honor a Nuestra Señora de la Sangre y Buen Parto en tierra profanada! – Wilbur cada vez aullaba más deprisa y más alto– ¡La Batalla de Pensacola... grrr, sedebióalesfuerzodeEspañaporreconquistarlaFloridadominada... grrr... porlosvampirosingleses... Grrr, au, au, AUU...!

– ¡Estás acabando con mi paciencia y, créeme, eso no te conviene nada! – gritó Stanley enseñando al fin sus incisivos.

– ¡Eso es, Stanley! ¡Es perfecto! ¡Llevémoslo a la capilla! ¡Qué mejor manera de hacerlo desaparecer...! – profirió Gus Binford antes de intentar acallar al chico tapando su prominente hocico.

De repente, un Wilbur Rittenhouse ya lobezno liberó sus instintos y mordió con rabia la fría mano de Gus, produciéndole un fuerte desgarrón del que comenzó a manar una pasta azabache. Gus Binford engarzó a Wilbur por el cuello y amenazó con estrangularlo allí mismo. Y lo habría hecho de no ser porque Stanley lo detuvo a tiempo de un poderoso manotazo.

– ¡Estúpido gilipollas! ¡Guarda tus colmillos para otra ocasión! ¡Humphrey, da la vuelta ahora mismo!

– ¿A dónde...?

– A tierra prohibida.

El pequeño Wilbur permaneció quieto, callado. Estaba muy asustado. Comenzó a llorar y a perder pelo.

La camioneta regresaba deshaciendo el camino andado pasando justo al lado de Playa Cuervo. Iba dando tumbos sobre profundos baches y roderas, con sus ocupantes adultos bamboleándose en un silencio criminal. Con la marea viva, las olas peleaban contra el rompiente escupiendo enormes nubes de espuma que volaban en furiosos remolinos de aire hacia la carretera. Los limpiaparabrisas se abrían paso batiéndose en duelo contra la borrasca cual incansables espadachines, y el haz de luz amarillenta de los faros era proyectado al sacrificio de las sombras para acabar disuelto en ellas casi de inmediato.

El ritmo nictemeral de Stanley Shatswell excitó su sistema endocrino y lo alertó de la proximidad del amanecer, aunque la luz diurna se fuera a estrellar contra un ciclópeo paraguas giratorio de imponentes nubes negras. No obstante, pensó que ya era tarde para echarse atrás, inclusive previendo que la familia del crío ya habría organizado una búsqueda con los suyos. Gus Binford no pensaba más que en su palpitante herida, el dolor de la cicatrización de la carne y el castigo que merecía aquel mocoso que había salvado el cuello por los pelos. Por su parte, Humphrey Bigellow se hubiese rendido apenas llegaban a la altura de los terrenos sacros de la misión. Regresando al chico sano y salvo a su casa, la fechoría apenas les costaría pasar un par de noches en el calabozo. Y no sería la primera vez. Tan solo eso.

Nombre de Dios, como orgullosamente expresaba el estandarte con la Cruz de Borgoña, era a esta parte una capilla interdimensional. Una embajada humana; un lugar común entre dos mundos paralelos. Tierra Sagrada que pertenecía a ambos lados y por el que sería posible transitar en una u otra dirección de no ser porque prevalecía una ley no escrita y un acuerdo tácito entre el Creador, los hombres y las criaturas hematófagas para no molestarse más y evitar otra guerra y la mutua aniquilación. La cesión incluyó quince acres, justo en donde puso pie sobre la Florida Juan Ponce de León, y en donde se construyó por inspiración divina la Fuente de la Juventud, de la cual manaba sangre en permanencia para apaciguar la sed de las Sombras y evitarles el tentador impulso de cruzar la puerta. Naturalmente, en el transcurso de cuatro siglos había habido no pocos escarceos entre ambos mundos; apenas de importancia, apenas teniendo que lamentar unos centenares de víctimas humanas o el exterminio incondicional de sus verdugos. Poca cosa en comparación con las injustas matanzas que cada cual infligía a sus propios congéneres en sus respectivos territorios. Nada que por el momento cabrease mucho al de arriba.

Stanley sacó al pequeño Wilbur de la camioneta sin miramientos. Frente a ellos se extendía la pasarela de acceso a la pequeña península en la cual se asentaba la estatua del padre embajador Francisco López de Mendoza Grajales, la enorme cruz que presidía Tierra Sagrada, y la capilla de la Virgen de la Sangre. Gus Binford empezó a encontrase mal, y su herida, casi curada del todo, volvió a abrirse nuevamente. Humphrey Bigellow iba quedando rezagado ante las náuseas y mareos que empezaba a experimentar. El único que caminaba con determinación era Stanley, pese a las punzadas que sentía en su estómago. Y agarrado a su mano y contra su voluntad, el chico listo que había aprovechado el traqueteo del viaje para hurgar en el interior de su cartera sin levantar sospechas, y extraer de ella varios lápices de colores que ocultó en la manga del abrigo.

La cruz asomaba imponente, imperturbable, como el mástil del barco de Dios anclado al filo de los abismos. Entretanto, la masa de agua y viento azotaba sin piedad las copas de los árboles y los tejados de las casas adyacentes. Seguramente para recordar a todos, hombres y criaturas, hijos predilectos y bocetos apartados de la Creación, quién vendría a poner orden en último término.

Wilbur deslizó fuera de la manga una pequeña estaca de color amarillo y la agarró con fuerza. Cuando encontró suficientemente rezagados a los dos compinches, aprovechó para ensartársela al padre de Calvin en la pantorrilla. Un grito agudo se perdió entre ráfagas de viento y trasladó su dolor a las negras alturas. Los lápices de colores cayeron desperdigados por el suelo y Wilbur salió despedido entre volteretas. No se sentía más que aterrado, pues la Tierra Sagrada no parecía hacerle daño a él. A fin de cuentas, era su mitad humana la que pugnaba por sobrevivir en esos momentos. Gravemente debilitados, sus perseguidores no pudieron obtener mayor ventaja de su condición vampírica y cual torpes humanos lo persiguieron en vano por el prado. Stanley Shatswell quiso descargar su ira en una blasfemia, y Gus Binford deseó hacer lo mismo. Pero las gargantas quedaron mudas, atenazadas por una mano invisible. El pequeño se revolvió con gran habilidad cruzando entre las piernas de Humphrey Bigellow, y su mano logró coger al vuelo el color rojo y el azul. Cuando quiso darse cuenta, el vampiro tenía dos lápices insertados en sus carnes. Uno en la entrepierna, otro justo en el pecho. El señor Bigellow dejó de sentir brazos y piernas. Su mandíbula se descolgó en una mueca extraña, y su vista se quedó fija sobre la cruz un segundo antes de desmoronarse sobre un remolino de chispas de luz y cenizas que «Betsy» se encargó de dispersar al instante. El color verde fue a parar a la nuca de un Gus Binford paralizado, y el lápiz negro quedó incrustado en la boca del señor Shatswell justo cuando sus fauces se abrían a pocos centímetros del cuello de Wilbur Rittenhouse.

La transición de la noche al día apenas se dejó sentir en San Agustín, y el amanecer pasó más desapercibido que nunca. Los crecientes envites del huracán hacían bailar cada elemento mal asegurado, y el repiqueteo de las tablas o el silbar de las ventanas impedían el descanso de sus habitantes. Los que poseían un sótano, aprovecharon para dormir suspendidos de una viga del techo, o bien cobijados en el interior de sus féretros.

Un coche patrulla con los cristales tintados recorría las calles desiertas. Los hilos eléctricos se columpiaban por arriba peligrosamente. A las afueras encontraron un niño de color que caminaba a duras penas, peleando contra el fuerte viento.

El teniente de policía aconsejó a los padres de Wilbur que no declarasen una sola palabra de lo que su chico había contado; por su propio bien, y el de toda su familia.

«Betsy» cumplió su amenaza. Las pérdidas económicas fueron cuantiosas. Y la débil casa de la familia Rittenhouse, como otras tantas, acabó destruida. Hubo tres desaparecidos y una camioneta que estuvo acumulando polvo en el almacén de la policía durante siglos sin que los familiares del dueño lo sospecharan nunca.

Sobre el autor de «Billion Dollar Betsy»:

Javier Fernández Bilbao (Muriedas, Cantabria. 44 años). Escritor aficionado que se interesa por el género de terror y la ciencia-ficción. Sus textos aparecen publicados en diversas antologías acompañando a grandes autores del panorama nacional.

No quiere dejar pasar la oportunidad de expresar su agradecimiento a todos aquellos que hicieron posible la inclusión de «Billion Dollar Betsy» en este volumen recopilatorio. Los comentarios, las sugerencias y el apunte de los fallos y erratas del texto original han sido tomados muy en cuenta en la versión definitiva que ocupa estas páginas. De tal modo ha querido que su huella quedara presente, y espera que ellos lo sepan apreciar.

> «Bienaventurados los que dan sin recordar. Y bienaventurados los que toman sin olvidar».
> Bernard Meltzer

La dulce Núria

Por Óscar Muñoz Caneiro

ANTES DE QUE NÚRIA PERDIERA EL NORTE a seguir en la que había sido una vida trazada con firmeza, su carácter era de miel y su temperamento lánguido, tardo en reaccionar. Era una niña deliciosa, de movimientos pausados y sonrisa etérea, así que sus padres encontraron oportuno acompañar su nombre con la palabra dulce. Dulce Núria, mi pequeño dulce; no sabes cuánto te queremos. Era un apodo del cual se mostraba orgullosa y que arrancaba reflejos exaltados en el azul de sus ojos.

Pasaron los años y Núria dejó de ser dulce, pero el hábito se resistía a desaparecer. La primera vez que sus padres fueron a buscarla a comisaría, su carácter ya se había agriado y sus nervios se mostraban a flor de piel. Dulce Núria, dulce mía, qué te ha ocurrido, le preguntaron. Ella les escupió, empujada por una mal llevada abstinencia. Pero el daño estaba hecho; el resto de sus compañeros de detención, camaradas de la mala vida, sustitu-ye-ron el semblante vacío de un mundo sin caballo por la expresión más popular entre los adictos: una sonrisa estúpida. Dulce, rieron. Alguien llamaba dulce a esa yonqui rabiosa.

Así que dulce era de pequeña aunque ya no lo fuera una vez crecida, pero nada de eso importaba. El adjetivo que fue cariñoso y certero se transformó en un mote irónico que la acompañaría en su vida adulta. Esta prometía no ser muy larga, pero los años desperdiciados se compensaban con los ríos de dopamina liberada.

La dulce Núria tenía veintiséis años y aparentaba cuarenta cuando despertó de un sueño oscuro y se encontró atada a una silla acolchada en un cuarto sin luz. Su piel hormigueaba y el ansia que tan bien conocía se desperezaba en su interior con una sonrisa temible. Pasó los primeros minutos llamando a los compa-ñeros con quienes vivía, todos ellos practicantes del despertar sensorial, hedonistas de mala muerte como ella. Cuando la niebla de su cabeza se despejó, ayudada por ese regomello creciente en su pecho, la confusión dejó paso al enfado. Recitó insultos en una concatenación admirable, lanzó invectivas al aire repitiéndolas en diferente orden. Entonces cedió al eterno cansancio que la asediaba, y a pesar de las órdenes de su cuerpo maltrecho - dame más, cariño, dulce mía, dame más de eso que a mí me jode y a ti te encanta- consiguió sumirse en una duermevela sacudida por la adicción.

Minutos, horas o años más tarde, abrió los ojos con sobresalto a la luz recién creada. Una bombilla huérfana colgaba del techo y su filamento ardiente parecía marcar a fuego sus retinas. Con su visión centelleada observó paredes de cemento, un techo bajo y al fondo, todavía en penumbra, una figura quizás imaginada. El resto de la estancia mostraba una vaciedad desoladora. No se encontraba en su piso; no había grafitis en las paredes que ilustraran verdades de la vida - tales como *Shhh, la paz está durmiendo* o *Un solo pinchazo y ya siento a Jesús más cerca*- o que mostraran simples trazos infantiles. No había papeles ni restos de comida tirados y la panda de yonquis con los que vivía tampoco estaba en el suelo, ya fuera durmiendo o en pleno viaje. Aun así, no empezó a inquietarse hasta que la silueta que esperaba al límite de las sombras avanzó hacia la luz.

Un hombre de anchas espaldas y tripa prominente se detuvo frente a la silla, se inclinó hasta situar la cabeza a su misma altura y esperó en silencio. Su rostro quedaba oculto por una máscara de cerdo, de boca sonriente, nariz achatada y orejas triangulares. Las mejillas mostraban manchas de un rojo difuminado, como si se hubiera ruborizado al recibir un piropo. Núria olvidó toda inquietud y soltó una carcajada breve, tentativa. No despertó reacción alguna en el hombre, y ya sin miedo explotó en una risa asfixiada, de corto resuello; los que viven al margen de la realidad, como hacía ella, la ignoran como si no hubiera consecuencias.

El hombre de la máscara ladeó la cabeza un instante y se incorporó. Ella seguía riendo, incapaz de detenerse; la silla y las ataduras, su propia postura indefensa, eran ignoradas por su cerebro adicto. El cerdo sonriente se situó junto a su brazo izquierdo y arremangó la sudadera desde la muñeca hasta el codo. Luego sacó de su bolsillo un cuchillo plateado y lo depositó, plano, en la suave piel del antebrazo. Núria interrumpió su risa cascada, de vuelta a una realidad jodida. No se le ocurrió gritar ni insultar, sino pronunciar una súplica en voz tan baja, espantada, que hacía difícil distinguir las palabras.

El hombre aplicó el filo a la carne de modo transversal y un hilo de sangre nació en la piel agrietada. Antes de desmayarse, la dulce Núria vio cómo levantaba su máscara y chupaba la herida con fruición de recién nacido.

Dejó de llevar reloj años atrás; como tantas otras cosas de valor, fue malvendido para procurarse su particular ritmo de vida. Núria medía el tiempo en interludios de agonía. Cuando estaba colocada, su mente se extraviaba en el territorio ignoto situado entre la vigilia y la inconsciencia; no recordaba nada que no fuera la sensación de placer que la envolvía en oleadas. Intentar mesurar el tiempo en ese lugar era inútil, pero cuando la heroína no tomaba las riendas, cuando la vida aparecía en su cruda forma, nada parecía más importante que conocer el segundo exacto de sufrimiento que arrastraba, nada era tan vital como contar los minutos hasta el siguiente éxtasis sintético.

Llevaba una eternidad atada a esa silla.

Sudores fríos le hacían estremecerse de forma regular y un escozor de fuego vivo latía en todo su cuerpo. Intentaba romper las correas de sus muñecas mediante la fuerza bruta, soportaba un dolor sin principio ni fin mientras clamaba por un golpe de gracia o más veneno en sus venas; lo que llegara primero.

Aun así, tenía momentos lúcidos. En ellos recordaba que la habitación no siempre estaba a oscuras y que la luz precedía la visita de un hombre sonriente, de hocico corto y orejas en punta. Algo en su rostro le hacía querer reírse, pero reprimía ese instinto al recordar su brazo desnudo y las marcas en él trazadas. En su última visita - años atrás, minutos antes- consiguió permanecer despierta el tiempo suficiente para contemplar el ceremonioso repliegue de la manga y los cortes a medio cicatrizar de su antebrazo. Estaban situados uno al lado del otro, a la misma exacta distancia, avanzando en progresión hacia el codo. Como era habitual, perdió la conciencia con el nuevo corte, con el fluir de la sangre, con la breve exclamación de ansia que el hombre soltaba antes de arrancarse el rostro y lamer la herida.

La dulce Núria fue una vez dulce en realidad, una niña fina y delicada. En su actual y ensombrecida vida, aún conservaba una muestra de esa sensibilidad: el miedo a la piel cortada, a las heridas punzantes, al rojo arterial y al púrpura venoso. La reluctancia a la aguja no le impidió iniciarse en el caballo. Lo inhalaba en pequeñas tandas, cada aspiración un golpe que abría la mente. Lo fumaba en largas caladas, cada una de ellas una bofetada de dicha. Había sido una yonqui sin marcas en pies, muslos o brazos; ahora cortes sangrientos surcaban su piel y moría de abstinencia.

Cada vez que veía su propia sangre y ese hombre saciaba su sed, el desmayo acudía puntual a la cita. Cuando despertaba, la oscuridad ya estaba presente y su cuerpo tomaba el control frente a la ausencia de heroína. Volvía a sacudirse en la silla acolchada, forzaba con desespero las correas de tobillos y muñecas. Contaba de nuevo el tiempo que transcurría para así ampliar ese lapso eterno en el que se encontraba.

Y en uno de esos momentos la luz volvió a encenderse y el hombre de la máscara hizo su aparición de nuevo.

Ya no sentía la necesidad de reír de forma estúpida. Encontró el ánimo suficiente para pedir a su cuerpo que dejara de temblar, que se tomara un respiro y permaneciera quieto. Una voz aflautada, impropia en un hombre tan grande, celebró ese gesto.

- Muy bien, preciosa. Pero que muy bien.

Avanzó con paso tranquilo hacia ella, sonriente, sonrojado, encantado de haberse conocido. Un cerdo relamido.

- No es fácil aguantar los temblores, lo sé perfectamente. Por las otras.

Núria espiró con violencia para reprimir un espasmo. El hombre se inclinó un instante y palmeó su rodilla con aprobación.

- La primera vez que vine a ti, con el primer corte, quedé decepcionado. Porque, verás: beber la sangre es solo una parte del todo. Me gusta que me veáis hacerlo. Al principio mostráis asco, repugnancia. Luego, cuatro o cinco incisiones más tarde, vuestra mirada mezcla miedo y fascinación. Cuando la desidia aparece, cuando el corte y la libación son cotidianos y solo queda el aburrido miedo a la muerte, ahí es cuando todo se acaba.

En su mano apareció el cuchillo plateado. Lo blandió en el aire, en un gesto juguetón.

- Pero tú, preciosa... lo has cambiado todo. Eres hemofóbica, ¿no?

Núria asintió con la cabeza. Él soltó una carcajada afeminada.

- Es fantástico. Fantástico, de verdad. Lo que a ti te enferma hasta ese extremo a mí me excita como nada en esta vida lo hace.

Se acuclilló junto al reposabrazos y depositó la mano libre en la muñeca. Luego empezó a plegar la manga que cubría su piel.

- La sangre no lo es todo, ya te lo he dicho. También está el miedo. Y te juro que nunca me he puesto tan cachondo como cuando tus pupilas se dilatan, tu respiración se acelera y pierdes el sentido.

Acercó el filo a su antebrazo, junto a la herida más reciente. Núria vio que el pliegue del codo estaba peligrosamente cerca, y se preguntó si una vez alcanzada esa cota las incisiones seguirían camino hasta el hombro.

- Ah, la sangre... Hay que ver los efectos que produce en la gente.

La dulce Núria supo que una sonrisa real crecía detrás de la máscara. Observó con rabia a la nueva herida en su carne, decidida a aguantar el envite, a aguarle la fiesta a ese desgraciado. Poco después la sangre brotó y ella se desvaneció notando el tacto húmedo de unos labios sobre su piel.

La dulce Núria se aferraba a oscuros pensamientos – como el hecho de que a alguien le excitara beber sangre o que había habido otras como ella– con la esperanza de que su mente se separara de su cuerpo agónico. Le costaba hilvanar razonamientos y trazar planes en orden a eludir un futuro en el que terminara muerta.

Las otras, las demás, debían de ser todas yonquis, como ella. Eran presa fácil, eso lo sabía todo el mundo. Dóciles en el colocón y ansiosas por complacer si les ofrecías la posibilidad de uno. No recordaba cómo la había llevado hasta allí, pero eso no importaba. Lo que era preocupante eran las ligaduras de sus extremidades, la silla atornillada al suelo con tal firmeza que resistía todos sus embates.

No, mentía. La verdadera dificultad residía en permanecer despierta cuando la sangre aflorara.

El cerdo que se ocultaba detrás de la máscara era un pervertido, un degenerado. Lo que le hacía vibrar no era la heroína, sino sangre manando de un cuerpo vivo. Era tan adicto como ella, estaba tan enganchado como las demás que habían sufrido en este lugar. Al menos Núria era una chica dulce y no jodía al prójimo cuando necesitaba colocarse; pagaba por el producto si tenía dinero y en las demás ocasiones mendigaba a compañeros por una pizca que le permitiera aguantar. Pero ese vicio de la sangre implicaba hacer daño a los demás. Y estaba segura de que ese daño terminaría siendo definitivo; él había hablado de *cuando todo se acaba* en un tono que no auguraba un final feliz.

Una punzada en el estómago le arrancó un gruñido. Mientras su mente discurría su cuerpo se contorsionaba todo lo que las correas le permitían. En la oscuridad, miró hacia donde debían estar sus manos sujetas, sintió sus tobillos lacerados en lucha con sus propias ligaduras. Pensó en las otras, las demás. Adictas como

114

ella, rabiosas e inquietas en esa cárcel, jurando por lo bajo, sufriendo arcadas, tirando de las correas hasta abrirse la piel. Aguantando el tormento de su propio cuerpo y el infligido por ese parafílico de mala muerte. Y entonces pensó que si salía de esa, dejaría toda aquella mierda atrás. Recordó los rezos que hacía cada noche cuando era pequeña y la llamaban dulce con cariño, y suplicó a Dios una oportunidad. Juró por lo más sagrado que nunca volvería a meterse nada impuro en su cuerpo, ni caballo, ni coca, ni una simple aspirina si hacía falta.

Rezó con una devoción que creía perdida hasta que algo se quebró con un fuerte chasquido.

El tiempo avanzó o se detuvo absorto en sí mismo, no sabría decirlo, hasta que la luz de la habitación se encendió. Núria contuvo el aliento con la esperanza de disminuir los temblores; debía imponer quietud sobre un cuerpo que no le pertenecía. Podía tolerar los espasmos en el torso y las piernas, incluso en el brazo tajado. Pero una sacudida de su mano derecha lo echaría todo al traste.

La máscara sonriente accedió al círculo de luz seguida por su portador, el hombre de gustos repulsivos. Esta vez no hubo charla autosuficiente ni posturas ceremoniosas, y su andar pausado le llevó al destino habitual: las venas y arterias que tejían el patrón subcutáneo de su antebrazo. Se arrodilló y empezó a subirle la manga con atención enfermiza.

Núria dio un respingo; su espalda se arqueó y las piernas se retorcieron. El brazo izquierdo se tensó por un instante y su mano derecha se deslizó, libre, hacia el lateral de la silla. Esperó resignada un gesto de sorpresa en ese rostro animal, pero el metódico retiro de la tela parecía requerir plena concentración del hombre; casi podía oír cómo se relamía con la perspectiva de la sangre en su lengua. Subió la mano con rapidez hasta introducirla en la correa por el lado roto, donde los tornillos y el cuero habían cedido.

Dios podía haber oído sus plegarias, pero la ayuda la obtuvo de miserables como ella. Durante la oscuridad, después del chasquido que liberó su mano, solo podía preguntarse cuántas yonquis bajo abstinencia habían hecho falta para que llegara un día en que la correa cediese. Cuánta adrenalina expulsada, cuantas llagas expuestas en las muñecas. Demasiadas, era la única respuesta. Demasiadas como para que ella desperdiciara esta oportunidad.

El cuchillo plateado se expuso a la vista y descendió lentamente sobre su piel. Había planeado ese momento; cerró los ojos e intentó dejar su mente en blanco. Sintió el corte y la sangre, pero en lugar de notar una lengua ávida un latigazo de dolor cruzó su cara.

– Nena, ni se te ocurra: esto es mucho más divertido contigo mirándome.

La dulce Núria supo que estaba perdida. Fijaría su mirada en la herida y el pánico sería tan abrumador que la llevaría de la mano hasta la inconsciencia. Así que abrió los ojos para enfrentarse al fracaso.

La máscara se alzó lo justo para que unos labios gruesos aparecieran y empezaran a mamar la sangre. Núria vio el reguero encarnado que se deslizaba por su piel, observó las finas costras de las marcas anteriores. Bajo una visión cada vez más borrosa se percató de la mano posada sobre su brazo y el cuchillo de plata que sostenía.

Extendió su mano libre y agarró el arma con facilidad; el ansia tenía al hombre absorto. Retuvo el poco aliento que le quedaba y clavó el cuchillo en su cuello sin apenas fuerza.

Se adentró en la negrura bajo una lluvia arterial.

Despertó con un gemido lastimoso, pues el dolor no había remitido. Estaba harta de esa tortura, hastiada de la agonía interminable. Abrió los ojos y comprobó que la débil luz de una bombilla iluminaba la estancia; por una vez, la oscuridad no le daba la bienvenida. Sus ropas estaban salpicadas de rojo y a sus pies descansaba el cuerpo desangrado de un cerdo sonriente.

Soltó una carcajada de vieja; el hijo de puta había encontrado su merecido. El fanático de la sangre, ese enfermo mental, se encontraba tendido en un charco de su manjar preferido. Que lo disfrutara ahora, joder, que se empachara allí donde fuera que estuviese. Ahora ella, la fanática del caballo, solo tenía que preocuparse por salir de aquí y colocarse por todo lo alto. Vendería a su madre en ese mismo instante por media calada.

Entonces reparó en la sangre.

Sangre que reposaba en el suelo, a sus pies. Manchaba su brazo herido y teñía su ropa con salpicaduras aleatorias. La notaba en la piel de su propio rostro y en la mano que había empuñado el cuchillo.

Sangre roja, sangre oscura que no la hacía enfermar y desvanecerse.

La dulce Núria lamió sus dedos con cautela y una inesperada ola de placer bañó su cuerpo.

Sobre el autor de «La dulce Núria»:

Oscar Muñoz Caneiro (Barcelona) atenta contra la escritura con pluma pesada y mente turbia. Su relato "Alma compartida" ha sido seleccionado para la antología *Visiones 2012*, organizada por la Asociación Española de Fantasía, Ciencia Ficción y Terror. También ha publicado en antologías de *Calabazas en el Trastero: Catástrofes naturales* ("Fobia"), *Creaturas* ("Una lejana torre de marfil") y *Fútbol* ("El hombre vacío"), *Horror Hispano: Monstruos Clásicos* ("La prenda"), *Antología Z Volumen 6* ("Intocable") y *200 baldosas al infierno* ("Danza en mácula"). Otros cuentos suyos han aparecido en las revistas digitales *Los zombis no saben leer* y *Planetas prohibidos*.

Los dos mundos de Lord Barrymore

Por Edgar Sega

Laura

SACÓ SU ESPEJITO del bolso por enésima vez para retocarse el cabello; negro como ala de cuervo, largo y liso, con el flequillo recortado a la altura de las cejas. Los tintes y tratamientos de queratina hacían milagros, ya apenas recordaba el pelo castaño y ondulado de su vida pasada, y solo porque de vez en cuando algún imbécil la etiquetaba en fotos antiguas de Facebook. Volvió a repasarse los labios con el carmín escarlata, aunque estos no hubiesen perdido un ápice de color desde que saliera de casa, y se giró sobre los asientos traseros del vehículo para ganar distancia con el espejo e intentar verse de cuerpo entero. Se desabrochó el abrigo dejando al descubierto un corpiño negro atado por cordeles - por cuyo escote asomaban unos pechos voluptuosos- que estilizaba su figura el punto necesario que no era capaz de conseguir con las visitas al gimnasio. El provocativo vestido quedaba completado por una falda larga de gasa violeta sobre unas medias negras de rejilla. Se colocó bien las tetas en el corpiño y giró el espejo unos grados: como sospechaba, el taxista no le quitaba la vista de enci-ma a través del retrovisor. Laura sonrió guiñándole un ojo. El conductor apartó la mirada hacia la solitaria carretera de la ciudad como respuesta.

- Hemos llegado - dijo al rato aparcando delante de un fastuo-so edificio, muy antiguo, aunque completamente restaurado.

Laura le pagó y salió al encuentro de la noche.

- Buenas noches, señorita - le saludó un portero que hacía guardia a esa tardía hora.

- Buenas noches, voy a...

- A la residencia de Lord Barrymore - interrumpió sonriendo al tiempo que abría la puerta-. Ya puede pasar.

En el hall todo era de madera, paredes y suelos incluidos, y, aunque vetusto, presentaba un aspecto impoluto. El portero entró tras ella y le instó a avanzar hacia el final del vestíbulo.

- Solo se puede acceder al ático con una llave - se apresuró a aclarar mientras esperaban que llegara el ascensor.

Cuando estuvo abajo, abrió la reja que protegía el hueco y después otra igual que estaba en el propio aparato, permitiendo a Laura ver su interior. Era cilíndrico, formado por una amalgama de hierros que se entrelazaban entre sí. El suelo y el techo, en cambio, eran de madera, perfectamente pulida y abrillantada.

Laura aceptó la invitación del portero y entró. Este introdujo un extraño objeto de tres puntas en una cavidad que había en la botonera y lo giró noventa grados.

- Buenas noches - se despidió saliendo del ascensor, cerrando de nuevo ambas rejas.

- Buenas - respondió justo antes de que el elevador iniciara la marcha- noches... Cojonudo, un ascensor sin espejo.

Rebuscó en el bolso hasta dar con un frasquito relleno de un polvo blanco, que esnifó ayudada por una cuchara que estaba integrada en el tapón del recipiente. Sacó su espejito, volvió a retocarse el maquillaje, ajustó su escote y se dispuso a salir. En ese piso no había portero que abriera las rejas, así que tuvo que hacerlo ella misma, pero, a diferencia de lo que podía parecer a simple vista, se deslizaron con suma facilidad. Un pasillo ancho y no demasiado largo, secundado por antorchas de luz incande-s-cente que imitaban el fuego a la perfección, la recibió, indicándole hacia donde debía dirigirse: a la única puerta que había en la planta, justo enfrente de ella.

«Este tío se toma el jueguecito muy en serio» pensó, golpeando la puerta con la aldaba de bronce con forma de cabeza de lobo que pendía de ella.

Lord Barrymore no tardó en abrir. Le pareció más alto y delgado de lo que aparentaba en la foto - o retrato, pues era lo que había usado de imagen de perfil en vampysex.com-, si bien es cierto que en ella solo aparecía de hombros hacia arriba. El rostro, en cambio, era calcado: pálido, delgado, con las mejillas tan hundidas que realzaban sus prominentes pómulos, enmarcado con una mata de pelo rubio cuidadosamente despeinado. En la web de contactos esporádicos no tenía demasiado éxito, pero a Laura le pareció perfecto, tan apartado de los «vampiros» que estaban de moda; fornidos, de rostros hermosos, modelos salidos de un catálogo de ropa interior para Halloween.

- Hola - dijo Laura.

- Buenas noches, Zdenka - respondió escrutándola con sus ojos grises, tan claros que casi parecían blancos-. Llegas tarde.

- Te envié un email... - pronunció haciendo ademán de entrar, pero Lord Barrymore se lo impidió mostrándole la palma de la mano-. Primero tengo que invitarte - aclaró al notar su desconcierto y, echándose a un lado, añadió-: Puedes entrar.

- Ah, vale - sonrió mientras accedía-. Encantada. Así que el portero te sigue el juego.

- ¿Juego?

- ¡Lord Barrymore! - teatralizó cogiendo la parte baja del abrigo por ambos lados para hacer una reverencia.

- Es mi verdadero nombre.

- Ajá, y el mío es Zdenka.

Rió mostrando sus dientecitos. El hombre dio un respingo.

- Tus... colmillos - dijo.

- ¿Sí?

- Son más cortos que en la foto.

- Claro - admitió-, no pretenderás que vaya todo el día con las prótesis.

- ¿Prótesis?

- Los implantes. Si en el ascensor hubiera espejo, me los habría cambiado allí.

- Ah, sí, por supuesto. - Lord Barrymore sonrió, mostrando los suyos.

Laura pasó la lengua por sus colmillitos al verlos mientras echaba una ojeada a la estancia. Era espaciosa, de techos altos y ventanales que casi los alcanzaban. Se acercó a un mueble de madera que ocupaba la pared frente a la puerta, tras un gran sofá, y deslizó la mano sobre las filigranas que lo adornaban.

- Veo que compartes decorador con la comunidad de vecinos.

- No hay comunidad: el edificio es mío.

- ¿En serio? Vaya... - dijo coqueta, encargándose de que notara el creciente interés por él- . ¿Podría ir al servicio?

- Claro, la puerta al final del pasillo.

Laura lo recorrió contemplando los cuadros que colgaban a ambos lados, deteniéndose frente a uno de ellos. Era el retrato que Lord Barrymore había utilizado de imagen de perfil.

- ¡Este cuadro me suena! - gritó entrando en el lavabo- . ¡Por fin! - se felicitó al ver un gran espejo enmarcado en cobre que había sobre un lavamanos, también con los grifos del mismo metal.

Abrió el bolso para sacar la cajita de los colmillos y, al mirar al frente, el corazón le dio un vuelco: su imagen no se reflejaba en el espejo.

Retrocedió hasta topar con la pared del fondo. Le costaba tanto respirar que tuvo que desabrocharse el corpiño. Cuando recuperó la compostura avanzó de nuevo hacia el espejo, tanto, que acabó pegando la nariz a él. Era una sensación extraña la de mirar desde tan cerca sin tener el rostro delante.

¿Cómo era posible? El hombre tenía mucho dinero pero, ¿tanto como para crear un espejo que no reflejara a las personas? ¿O se trataba de algún juego de cámaras? Estaba razonando en todas estas cuestiones cuando reparó en algo extraño: su bolso, que estaba sobre la encimera, tampoco se reflejaba en él. Lo pasó por delante varias veces. Nada. Activó la opción «linterna» de su móvil y apuntó al espejo, pero con la luz encendida apenas se distinguía el rebote. Apagó la luz del lavabo. El haz del foquito reflejaba en el cristal y se proyectaba en la pared que tenía a su espalda. Se giró para verlo, pero había desaparecido; ya no estaba allí. Miró de nuevo hacia adelante y volvía a estar. Se acercó al espejo sin apartar el foquito de él y miró en su interior: al otro lado del cristal había un lavabo exactamente igual al que ella ocupaba, solo que vacío, consiguiendo el sorprendente efecto de un espejo que no reflejara nada que no estuviera allí. Rió, maravillada con tan ingenioso artificio, al tiempo que extraía su espejito del bolso. Cambió sus colmillos cortos por los largos, se puso las lentillas violetas, no sin cierta dificultad, y volvió a esnifar un poco de polvo blanco.

Lord Barrymore

Esa noche se había despertado muy cansado, últimamente no se alimentaba demasiado bien, así que se sentó a esperar que Zdenka saliera del lavabo. Le había impresionado, aunque no tuviera los ojos violetas ni los colmillos largos, como en la foto que le mostraron. Era de aquellas mujeres que poseían una sensualidad innata, que desprendía a cada movimiento, mirada o sonrisa.

– Hola – pronunció ella desde la entrada del pasillo, con el abrigo doblado sobre su antebrazo. Cintura estrecha, pecho generoso y hombros anchos, justo como a él le gustaban.

– Hola, Zdenka – respondió acercándose, hipnotizado por su belleza.

Recogió el abrigo y sus manos se rozaron. La mujer sonrió, exhibiendo sus colmillos. Lord Barrymore colgó el abrigo en el perchero y regresó a su lado.

– Eres realmente hermosa – dijo acariciándole el cabello.

Zdenka echó la cabeza hacia atrás ligeramente, ofreciéndole sus labios carnosos. Lord Barrymore deslizó los dedos hasta la boca de la mujer y le acarició los dientes con el pulgar. Ella sacó la lengua y le lamió el dedo, mientras los suyos acariciaban los colmillos de él. Sus bocas se juntaron y Lord Barrymore le dio un suave mordisco en el labio inferior. Zdenka pareció deshacerse y empezó a lamerle los colmillos. Él también lamió los de ella, y ambas lenguas se cruzaron en un juego húmedo con los colmillos de uno y otro como testigos.

Cuando la mano diestra de Zdenka consiguió desabrochar el pantalón de Lord Barrymore, la siniestra avanzó decidida bajo sus calzoncillos, donde se topó con su miembro, duro y erecto. El hombre se estremeció y, completamente excitado, siguió besándola mientras la dirigía hacia el sofá. Zdenka se giró en el último momento y lo empujó sobre los cojines. Se levantó el vestido hasta mostrar el principio de las medias y se sentó sobre él, mirándolo a los ojos. Lord Barrymore intentó desabrocharle el corpiño, pero no fue capaz de desatar los nudos, así que lo cogió del borde superior y tiró hacia abajo, liberando sus abultados pechos. Procedió entonces a masajearlos con ambas manos mientras le daba suaves mordisquitos en los pezones. Zdenka le abrió la camisa con brusquedad, haciendo saltar varios botones, descubriendo su delgado cuerpo. Se le marcaban tanto las costillas que parecía famélico. Pasó las manos sobre ellas, sonriendo satisfecha. Después se pegó aún más y, mientras se deslizaba a los pies del sofá, recorrió su cuerpo con la lengua.

 Lord Barrymore enredó los dedos en la profunda negrura que era el cabello de Zdenka mientras ella le lamía el torso, y se arqueó hacia atrás, tan excitado que sintió un ligero mareo, cuando introdujo su miembro en la boca. Él lo ignoraba, pero sus colmillos habían sido diseñados para las felaciones - con las puntas ligeramente redondeadas- y los utilizaba a la perfección para provocar el máximo placer durante la práctica.

Temiendo eyacular antes de tiempo, la instó a incorporarse. La mujer obedeció, regresando a la postura inicial, y se apartó las bragas hacia un lado invitándolo a que la penetrara. Él lo hizo sin dilación y Zdenka, tras un suave gemido, empezó a moverse hacia adelante y hacia atrás; lentamente. Luego dirigió la boca hacia su oreja, donde introdujo la lengua. El cuello de la mujer, suave y blanco, quedó a merced de Lord Barrymore, que lo acarició con sus colmillos, provocándole escalofríos en la espina dorsal.

- Muérdeme - le susurró ella al oído.

Lord Barrymore, a punto de eyacular, la obedeció, clavándole los colmillos en el hombro.

Zdenka lanzó un grito de placer al alcanzar el orgasmo. Después notó algo húmedo que resbalaba por su espalda al tiempo que un creciente dolor aumentaba en su hombro. Abrió los ojos y descubrió a Lord Barrymore con la boca pegada a él, bebiendo de la sangre que manaba de la herida. Zdenka lanzó un aullido de dolor y, separándose del hombre, retrocedió hacia la puerta.

- Perdóname - suplicó Lord Barrymore como si acabara de salir de un trance. De la punta de sus colmillos caían pequeñas gotas de sangre que manchaban el suelo en su avance hacia ella.

Mercedes

Estaba en la enfermería, limpiándose las heridas que su amo le había hecho en el brazo hacía escasos minutos, cuando la voz de Frank resonó en el altavoz de la sala de vigilancia.

- Ya ha llegado.

«Solo beberé un poco, para aguantar toda la noche» le había dicho. Apenas le dolió; nunca le dolía. Mercedes no era tan delgada como las chicas que le solían gustar a él, más bien lo contrario; además siempre le mordía allá donde no había peligro de dañar músculos o perforar venas. Por supuesto, ella se dejó: le encantaba que bebiera de su sangre, aunque en secreto anhelara algo más.

Regresó a la sala para ver a Zdenka a través del monitor que mostraba el ascensor. Era tan atractiva como en la foto de la web. Activó el micrófono de los altavoces de la casa:

- Está subiendo.

- Gracias - respondió Lord Barrymore en uno de los monitores, esperando con impaciencia.

Cuando Zdenka llamó al timbre, él abrió enseguida. Tras unos minutos de conversación ella fue al lavabo y Mercedes la siguió por los distintos monitores hasta que llegó a él. Soltó una carcajada al ver su reacción frente al «espejo» - era una chica lista, enseguida descubrió el truco- y, después de observar cómo se arreglaba, la siguió de nuevo hasta la estancia principal.

Poco antes de que Zdenka y Lord Barrymore empezaran a besarse, la mano de Mercedes ya acariciaba su entrepierna. Era un práctica tan habitual que ya lo hacía de manera automática. Se desabrochó un botón del vestido al tiempo que en la pantalla los dos amantes se acoplaban en el sofá. Metió la mano que tenía libre por el hueco del botón al encuentro de sus tetas, grandes y blandas, y empezó a pellizcarse los pezones cuando él mordisqueó los de ella. Al poco la otra mano ya estaba bajo las bragas; su sexo se humedecía por momentos mientras en pantalla la mujer le practicaba una felación a su amo. Gimió levemente. Cuando la penetró, Mercedes hizo lo propio con sus dedos; gimiendo mucho más fuerte. Cerró los ojos al notar que el orgasmo la envolvía. Y los abrió de golpe cuando un grito desgarrador lo interrumpió de súbito.

- ¡Mierda! - exclamó al ver a Zdenka sangrando del hombro. Se compuso el vestido y fue hasta la puerta secreta, para salir en caso de emergencia, sin quitar ojo de lo que ocurría a través de los monitores.

- Me... me has pedido que te muerda - titubeó Lord Barrymore.

- ¡Cabrón, un mordisquito, no que me hinques los dientes! ¿Acaso te los he clavado yo en la polla cuando te la chupaba? Joder, ¿es que crees que eres un vampiro?

- No, yo... no soy un vampiro.

- Ya lo sé, imbécil - dijo cogiendo su bolso.

- No te vayas, podría ser grave.

- ¡Vete a la mierda! - gritó, cerrando la puerta tras de sí.

Lord Barrymore se dejó caer sobre el sofá, abatido. El enorme mueble que ocupaba la pared principal se abrió por la mitad y Mercedes salió. Se acercó a su amo por detrás y le acarició el cabello con suavidad.

-Tranquilo -le dijo-. La hemos investigado, no tiene ningún interés en que sus conocidos descubran su doble vida. Frank se encargará de que la curen, no hay nada que temer.

Se veía tan delgado desde donde lo miraba. Sus hábitos alimenticios lo estaban llevando a la extinción, y ella empezaba a temer por su salud.

-¿Cuándo encontraré alguna a quien confesar lo que soy en realidad? -se lamentó Lord Barrymore.

-Estoy convencida de que cualquiera de ellas daría su vida por ser la concubina de un vampiro.

-No están preparadas, no son como tú.

Lord Barrymore se levantó y fue al lavabo a desinfectarse la boca. Mercedes se sintió protegida: siempre pendiente de no transmitirle ninguna enfermedad. Al regresar se la encontró en el sofá, con una goma de torniquetes atada alrededor de la parte superior de su muslo.

-Gracias -dijo arrodillándose entre sus piernas, mirándola con ojos tristes.

Le subió el vestido hasta las ingles, provocando que se estremeciera con el roce de sus manos, y acercó su boca a la extremidad, roja ya por la acumulación de sangre. Le hizo dos pequeños orificios en el muslo con sus colmillos y empezó a sorber la sangre que salía con tanta pasión que le provocó un hematoma. Mercedes gimió y notó cómo sus pezones se endurecían. Apretó la cabeza de Lord Barrymore contra su entrepierna, masajeándole el cuero cabelludo.

-Estoy agotado -dijo él cuando acabó, dándole un beso cariñoso en los labios, tiñéndoselos de rojo-. Buenas noches.

-Buenas... noches -respondió ella mirando cómo desaparecía tras la puerta que conducía a su habitación.

Regresó a la enfermería a limpiarse las nuevas heridas; sangre y lágrimas se mezclaban en el bidé, aunque eran las segundas las que le provocaban más dolor. Su mundo perfecto empezaba a desmoronarse. Siempre tuvo la esperanza de que él acabaría necesitándola para algo más que para beber de su sangre, pero ese momento no parecía llegar nunca. No estaba dispuesta a seguir masturbándose mirándolo en los monitores o restregándose con su cuerpo mientras reposaba en el ataúd, ausente. Lloró tanto rato que perdió la noción del tiempo. Miró el reloj. Los gases sedantes ya se habrían liberado dentro del féretro. Cogió los instrumentos necesarios y descendió al lugar donde descansaba su amo.

Abrió el ataúd: estaba profundamente dormido. Lo conectó al osciloscopio para vigilar sus constantes y le pinchó la vía en la vena. Tenía los brazos tan agujereados que pronto tendría que buscar otro lugar para hacerlo. Le extrajo sangre para un análisis, aunque no necesitaba el resultado para saber que estaba anémico. En esa ocasión no sería suficiente con la alimentación intravenosa. Le suministró los sedantes que lo dejarían en coma inducido y le introdujo la sonda nasogástrica a sabiendas que, al despertar, Lord Barrymore solo sería el delirio de un pobre hombre enajenado. Entonces la necesitaría de nuevo para convencerlo de que sí era un vampiro. Tal vez en esa ocasión sería capaz de persuadirlo para que la amara.

Sobre el autor de «Los dos mundos de Lord Barrymore»:

Edgar Sega (Barcelona, 1975). Técnico de iluminación de teatro y escritor aficionado residente en Sabadell. Es autor de numerosos cuentos y relatos que giran en torno a la fantasía, el terror y la ciencia ficción. Tres de ellos han sido seleccionados para formar parte de sendas antologías: «La mina de los muertos vivientes» (*Amanecer Pulp 2013*), «La llamada del mar» (*III Antología de relatos fantásticos La bruma*, de la Editorial Fantasía) y «El teatro de la vida» (*Calabacines en el ático: Grand Guignol*, de la editorial Saco de Huesos). También cultiva el microrrelato, forma narrativa con la que ganó la VII edición de las «Microjustas literarias» y la V edición de «los Dardos al Sol», ambos concursos organizados por la web OcioZero.

Sangre, Billy Idol y la Carretera de los Muertos

Por Sergio Pérez-Corvo

Escucha con atención y céntrate por un momento en ese punto negro que viene levantando polvo desde el camino del sur porque, en lo que empieza a perfilarse como una furgoneta, viajan los protagonistas de esta historia.

Los canallas que van dentro son una plaga bíblica que recorre la carretera a bordo de esa chevy que a duras penas aguanta de una pieza. La ruta que han seguido desde que tres días atrás mataran al propietario del coche y lo arrojaran a la cuneta como si fuera basura no sigue ningún tipo de lógica.

Tampoco es algo que les preocupe demasiado: disponen de todo el tiempo del mundo y, a decir verdad, no saben muy bien en que deberían emplearlo.

Imagínatelos por un instante: dos hijos de puta envueltos en cuero y sudor, empapados en sangre y con las venas tan saturadas de cocaína y alcohol que sienten la cabeza tan embotada como si les hubieran golpeado en ella con un bate de béisbol. Tienen las estúpidas sonrisas congeladas en un rictus de drogata que deja al descubierto los afilados colmillos. El cuerpo inconsciente de la muchacha que han recogido en la intersección con la ruta 49 cuelga como un odre de agua de la malla que hay sujeta al techo y, en realidad, en eso es en lo que se ha convertido: en una cantimplora para que estos dos puedan continuar su excursión con comodidad. Ese ruido tan molesto que hace pitar los oídos es Billy Idol que, transformado en un desquiciante bucle sin fin, canta una y otra vez *Rebel Yell* desde el estéreo de la furgoneta.

¿Los tienes ya?

Su viaje no sigue otro propósito que el de satisfacer sus necesidades más primarias y bestiales, porque deja que te diga una cosa: lo único que estos dos perros salidos del infierno tienen claro es que los vampiros de verdad no deberían vestir con ropa del siglo XIX, ni ir llorando por su humanidad perdida como maricones bajo la luz de la luna, porque ¿quién desperdiciaría así la inmortalidad? Un verdadero vampiro debe aceptar su condición de monstruo.

Y abrazarla.

Pero déjame empezar por el principio.

La culpa de toda esta situación la tiene un cuento escrito hace casi doscientos años: *El vampiro*, de John William Polidori. Antes de suicidarse, este escritorzuelo escribió un relato en el que trataba de exponer que la principal fuerza de un vampiro residía en el hecho de que la gente común no creyera en ellos; de ahí que Lord Ruthven, el protagonista de su historia, aprovechase esa situación para cometer sus actos sanguinarios.

Sin saberlo, este pobre imbécil estaba sentando las bases para la supervivencia de la sociedad vampírica: no debían permitir que nadie supiera de su existencia.

Así que aquí tenemos a este par de desgraciados: Zeke y Theo, (claro que esos no son sus verdaderos nombres, pero son los que usan desde que fueron convertidos), dos vampiros de apenas una década de antigüedad que han decidido que están hasta las pelotas de respetar el status quo que los vampiros más ancianos parecen haber tallado en piedra. Porque, en su opinión, todo eso de mantenerse como titiriteros en las sombras está muy bien cuando uno es viejo y poderoso, cuando se tiene el dinero suficiente como para que las cosas fluyan por sí solas.

Porque si ser pobre es malo, una eternidad sin pasta es una auténtica putada.

Sí siguieran las reglas, su existencia se vería encorsetada. La única opción que les quedaría sería la de convertirse en acólitos de alguno de los ancianos. Lo que traducido viene a ser rebajarse al nivel de un auténtico comepollas servil. A consentir ser utilizado como músculo en caso de que la cosa se complique, lo cual, siendo sinceros, es el principal motivo por el que los ancianos continúan abrazando a humanos a día de hoy.

Así que, cansados del sabor a lefa vampírica en sus bocas, desde hace casi ocho meses Zeke y Theo viajan por las carreteras secundarias del país disfrutando de los dones que el abrazo oscuro les ha proporcionado. En su distorsionada y perturbada visión romántica de los hechos - hasta hace no mucho aún se la cascaban en sus cuartos bajo pósters de The Cure, mientras escuchaban a los Sisters of Mercy- se ven a sí mismos como Dioses Oscuros a los que corresponde por derecho, si no divino, al menos satánico, imponerse sobre las especies inferiores, de las que deben disponer como si de ganado se tratase.

El rastro de muerte que han dibujado por la geografía del país incluye, en este preciso instante, más de doscientos asesinatos.

El hecho de que sean lo bastante astutos como para cambiar de vehículo con frecuencia, pero lo suficientemente estúpidos cómo para no seguir ningún tipo de sistema en sus cacerías, los ha mantenido de momento a salvo de la policía. Las absurdas y exageradas historias sobre monstruos que cuentan los supervivientes de sus escarceos han contribuido a que todo el asunto acabe sepultado bajo una pila de casos sin resolver y a que ningún poli con dos dedos de frente quiera acercarse a menos de un kilómetro de cualquier cosa que apeste a vampiros y que pueda joder su expediente de por vida.

Por otro lado, la existencia de una antigua ley vampírica por la cual está prohibido que un chupasangres mate a otro los ha mantenido, de momento, a salvo de los de su propia especie.

Esta feliz concurrencia de acontecimientos ha propiciado que estos dos idiotas se sientan invulnerables, tanto que hayan comenzado a verse a sí mismos como el nuevo modelo de vampiro. La situación se les ha subido a la cabeza hasta tal punto que han terminando bautizando la ruta por la que viajan como "La Carretera de los Muertos".

Pero la espada de Damocles que tanto tiempo lleva oscilando sobre sus cabezas no-muertas más temprano que tarde va a terminar cayendo sobre ellos. Porque, como dijo el sabio, «lo que seas mañana será consecuencia de tus actos de hoy».

Y eso es algo que están a punto de aprender.

El restaurante habría cerrado hace años de no ser por el fortuito hecho de tratarse del único sitio donde poder descansar y rellenar el depósito del coche antes de internarse en aquella interminable carretera que atraviesa el desierto en dirección a ninguna parte.

Desde fuera, el lugar tiene una pinta tan cochambrosa que nadie en su sano juicio pararía en él de no ser la única opción posible en aquellas tierras baldías. Aparcados en el exterior tan solo se encuentran una vieja pick-up, un volkswagen amarillo canario y una harley tan costrosa como seguramente lo será su dueño. Al fondo, aparcado junto a los surtidores, un solitario camión se impone con su mole sobre el edificio.

En su interior, el panorama no pinta mucho mejor.

Detrás de la barra, la camarera, una mujer que se defiende del paso inexorable del tiempo tras un escudo de espeso maquillaje, lucha por no quedarse dormida sobre sus brazos cruzados. Frente a esta, apurando una taza de café que a la camarera se le antoja eterna, un tipo cincuentón hace uso de sus oxidadas maneras de galán pensando en que hasta el amanecer aún quedan un buen par de horas y en lo bien que estaría compartirlas en la parte de atrás de su coche con aquella mujer.

Apoyado justo al otro extremo de la barra, el conductor del camión se pelea con un libro de bolsillo que apoya sobre su voluminosa barriga, tratando de escapar del sueño que le embarga mientras espera a que el maldito tacógrafo consuma su tiempo de descanso para poder largarse de allí. Dormido en la mesa más próxima a la puerta, un chaval de unos veinticinco años ronca sonoramente como si nada en el mundo le importase. Y, en efecto, así es en este momento.

Por último, en la mesa más alejada, un hombre destrozado tiembla envuelto en sudor. Cualquier experto en el tema te dirá que, por el movimiento convulso de sus hombros, se encuentra en pleno mono.

Y que, seguramente, lo mejor sería ni acercarse a él.

Desde la cocina llega el arrullo de una radio sintonizada en una emisora de rock. La música viene acompañada del sonido de unas toses más que preocupantes que se mezclan con la cacofonía de algo que se fríe sobre la plancha sin mucho entusiasmo.

Como si las estrellas se hubieran alineado en una casualidad cósmica e irrepetible, es el propio Billy Idol quien canta *White Wedding,* aunque, tal y como se desarrollaran los acontecimientos en los próximos minutos, la boda debería ser roja y no blanca.

Y es en ese momento cuando la destartalada chevrolet aparca frente a la puerta y el infierno sonriente que transporta entra en el local.

En realidad hacen poco más que sonreír mientras continúan parados en el umbral de la puerta.

La cocaína, que ahora circula a placer por su organismo después de haberla ingerido directamente del cuerpo oscilante de la muchacha de la furgoneta, hace que la mandíbula de Theo esté tan rígida como si estuviera esculpida en madera. Trata de balbucear un saludo, de decir algo ingenioso porque en las películas de terror - que por supuesto es su género favorito- el monstruo siempre tiene algo interesante que decir antes de ponerse manos a la obra.

Sin embargo, tras mascullar un par de incoherencias absurdas y viendo que apenas es capaz de atraer el interés de los parroquianos, Theo extiende su mano, en la que, surgiendo de las puntas de sus dedos como estiletes, las uñas se convierten en garras afiladas. Con un único y despreocupado movimiento golpea tan fuerte al muchacho dormido que, por un instante, parece como si su cabeza fuera a salir volando. En lugar de eso, se dobla hacía atrás en un ángulo imposible, convirtiendo al pobre hombre en un grotesco dispensador de caramelos Pez.

Durante un segundo, el restaurante queda en silencio a excepción de Billy Idol que, ajeno a todo, grita que es un buen día para empezar otra vez.

Zeke intenta estudiar las posibles salidas del local, cubrir todos los ángulos para que la cacería, y el posterior festín, se desarrollen sin sorpresas desagradables. Aún puede recordar el agujero que la escopeta del dueño de un local similar a este le dejó en la barriga. Eso y los chistes que tuvo que aguantar durante todo el tiempo que tardó en sanar. Pero está tan colocado como Theo. Es incapaz de encontrar la salida del laberinto en que se convierte cualquier pensamiento coherente.

Así que, con un chasquido repulsivo, abre la boca hasta que las comisuras de sus labios se desgarran. Los dientes se alargan, convirtiendo su cara en la de un pez abisal. Uno especialmente feo y cabreado.

El camionero, que se encuentra más cerca de la estela de destrucción que empiezan a dibujar los dos vampiros, le arroja su libro en un movimiento instintivo tan absurdo como poco efectivo. Zeke salva la distancia que los separa para morder con ganas al hombre barbudo. De un tirón arranca un buen colgajo de carne. La camarera reacciona y comienza a gritar al ver el estudio anatómico en el que ha quedado convertido el cuello del hombre, pero Zeke continúa masticando, ajeno a todo.

Si fuera un perro movería el rabo de puro placer.

En menos tiempo del que se tarda en decir *masacre*, el resto de parroquianos quedan desperdigados por el suelo, convertidos en relleno para lasaña. Los dos vampiros se deleitan en su festín, disfrutando como solo dos buenos entendidos que hubieran encontrado un vino con un *bouquet* excelente podrían hacerlo.

Entonces, el sonido de algo metálico resuena como una campana, llamando la atención de los dos monstruos.

Los vampiros levantan la vista y se quedan mirando el punto del que surge el sonido antes de sonreírse entre sí.

Y el hombre, con aquella mueca maníaca pintada en su cara, les devuelve la sonrisa

Pero, un momento, déjame darle un segundo a la pausa.

Rebobina.

¿Te acuerdas de aquel tío de ahí? El que estaba sentado con la cabeza entre las manos y temblando. Sí, ese mismo. El que parecía hablar solo.

Desde el rincón en el que ha permanecido sentado sin siquiera parpadear, el hombre de las convulsiones para de musitar, se pone de pie, abre su abrigo y deja caer el hacha que escondía en él y que ahora cuelga fláccida de su mano. La cabeza de acero golpea contra el suelo con un sonido metálico que le hace estremecerse.

Su nombre es Albert Fisk. Y no está allí por casualidad. Hace un par de semanas decidió dejar de tomar su medicación. Las voces que escucha en su cabeza le han traído hasta aquí.

Permíteme dejar la historia pausada un momento más.

Déjame que te cuente algo sobre él.

Hasta hace siete meses y cuatro días, Albert Fisk no era más que un contable, un administrativo o algo igual de insustancial para nuestra historia; alguien que vivía tan tranquilo como podríamos hacerlo tú o yo. Entonces, cuando viajaba con su familia por la ruta 53, su auto-caravana fue asaltada en una escena típica de una película de John Ford.

Solo que en lugar de un puñado de indios lo que saltó a su interior desde un cadillac descapotable, fueron dos vampiros sedientos de sangre. En vez de arrancar cabelleras, esos dos hijos de puta arrancaron todo lo que importaba en la vida de Albert Fisk.

Justo cuando empezaba a darse cuenta de lo que pasaba, Albert fue arrojado a la carretera a través del cristal de la caravana.

Cuando, medio roto y apenas consciente, encontró el vehículo, tardó más de veinte minutos en reunir los despojos en que había quedado convertida su familia.

Después de eso la vida de Albert se convirtió en un tiovivo absurdo lleno de pastillas y dolor.

Pero hace dos semanas, cuando empezaba a contemplar la idea de masticar una bala, cuando la Biblia con la que había narcotizado su alma empezaba a parecerle un cuento absurdo, Albert tuvo una revelación digna del propio Buda.

Una voz en su cabeza que le explicó todo lo que necesitaba saber, todo lo que debía aprender. Lo recuerda bien porque tiene cinceladas cada una de sus palabras sobre su corazón.

Y sobre su piel.

Por fin había encontrado a Dios. Un dios oscuro y vengativo como el del Antiguo Testamento. Un dios que sí escuchaba sus oraciones. La voz lo llevó al lugar que aquellos monstruos habían reclamado como suyo.

A partir de entonces, solo tuvo que esperar.

Así que Zeke mira a Theo y le sorprende darse cuenta de que ninguno de los dos ha reparado en aquel despojo que avanza hacia ellos. Divertido, arroja el puñado de vísceras que estaba succionando al suelo y se sienta en uno de los taburetes.

Sin embargo, hay algo en el cuerpo destrozado del hombre que lo intranquiliza. Ahora que se ha quitado la ropa, observa que el cuchillo ha trabajado a fondo su piel. Está cubierto de escarificaciones, letras retorcidas que reptan peleándose por ocupar cada centímetro de su pellejo. Se fija en que no está calvo de forma natural: ha sido el propio hombre quien se ha arrancado el pelo de raíz, por eso tiene esos clareos asquerosos que le dan un aspecto sarnoso.

Pero no es eso lo que lo pone nervioso. Ha visto locos y yonquis en otras ocasiones. A veces, incluso en el espejo.

El hombre irradia algo que le hace revolverse inquieto.

Cuando la hoja del hacha vuela hacia él en un movimiento casi imposible y ve la página amarillenta de la Biblia que la enfunda, lo comprende al fin.

La fe de ese hombre es tan ciega y absurda que lo clava al suelo como si fuera una mariposa atravesada por un alfiler.

En el último instante que le queda de vida escucha la voz que resuena en la cabeza del fantasma que tiene delante.

Y suplica.

En ese momento estaría dispuesto a hacer lo que fuera para volver al rebaño. Incluso a vestir capa. A decir «yo nunca bebo, vino».

Pero le sirve de poco.

El hacha se entierra junto a su cuello y un fuego que no es de este mundo empieza a consumirlo.

Un segundo golpe, y su cabeza rebota sobre el suelo con un chapoteo nauseabundo.

Theo se queda mirando hipnotizado las idas y venidas de la cabeza, con la boca congelada aún en su sonrisa estúpida, babeando sangre. Su instinto hace que salte hacia atrás y desnude los colmillos, bufando como un gato cabreado. Las uñas vuelven a rasgar la carne. Es un dolor agradable que sirve de preludio a la matanza.

Pero el hombre muerto es como una antorcha de fe pura. Solo mirarlo duele.

Y tiene un hacha.

En cuanto a mí, soy el hombre que soluciona los problemas.

Mientras el restaurante arde consumiendo los cuerpos de los dos imbéciles y de mi mártir prefabricado, que ahora descansa al fin con una bala en la nuca, observo el sol naciendo en el horizonte. Antes de meterme en el interior de la limusina de cristales tintados, me paro a pensar tan solo un segundo en lo que acaba de pasar y llego a la conclusión de que, después de todo, es un trabajo bien hecho.

Esconderse en las sombras es cada vez más difícil.

Porque ya no quedan sombras.

En una época de móviles e internet, de Facebook y Twitter, ¿cuánto más habrían tardado estos dos tarados en sacarlo todo a la luz?

Por eso existen los tipos como yo.

No podemos matarnos entre nosotros porque eso abriría la veda que derrocaría, más temprano que tarde, a los Ancianos. Por lo que se trata de saber tocar las teclas en el orden correcto para mantener las cosas en su sitio.

Así, antes de meterme en la calidad de las tinieblas que me llevaran lejos de allí, miro una última vez las llamas y pienso en lo importante que es para un hombre saber lo que es, conocer cuál es su lugar.

Y su posición en él.

Sobre el autor de «Sangre, Billy Idol y la Carretera de los Muertos»:

Sergio Pérez-Corvo (1982) vive en Cartagena, donde pasa demasiado tiempo rodeado de libros y cómics, planificando la defensa de su hogar ante el inminente resurgir de los Primigenios y llenando legajos de papel con galimatías incomprensibles. Es escritor de cuentos de terror, ciencia ficción y fantasía, además de otros engendros inclasificables.

Inicialmente guionista de cómic ("Oni" Wereminds Editorial Marmotfish Studio y "Como matar a un Dios" Cuaderno de jóvenes autores de Barcelona), ha visto su trabajo publicado en varios fanzines de tirada nacional antes de dedicarse por completo a los relatos.

Durante el año 2013 presenta las siguientes obras a diferentes certámenes: "La grieta" (*Historias del Dragón*, Kelonia Editorial); "La última aventura de Hieronimus Black" (relato ganador del V Concurso Era del Caos; publicado por entregas en los número 1 y 2 de la revista "El goblin panzudo"); "Samhain" (relato finalista convocatoria Amanecer Pulp, publicado en *Amanecer Pulp nº2*, Editorial RelatosPulp; también publicado en el blog de la revista "FanZine"); "El frío viento del invierno" (relato ganador del V Concurso AC Forjadores; también publicado en el número 9 de la revista "FanZine"); "Escribir" y "El escritor" (*Homenaje a Buckowski*, Editorial Artgerust); "Vivo o muerto" (relato seleccionado para la antología western de la editorial Dlorean); "Será nuestro secreto" y "Hombre de palo" (publicados en *Show me the Zombies*, Ediciones Ende); "Nunca jamás" (publicado en *Show me the Zombies*, así como en el número 6 de la revista "FanZine"); "Un paseo por el pantano" (seleccionado para la promoción de la novela *El arte sombrío* de Juan de Dios Garduño); "Tierra de vampiros" (*Iberia Sumergida*).

Socio de ESMATER, ha publicado relatos en varias antologías y es colaborador asiduo de diferentes fanzines y revistas digitales.

En la actualidad trabaja en la redacción de su primera novela mientras se encarga de alimentar a sus siete gatos y al ser que vive en su sótano.

Sangre

Por Enrique Cordobés

A mi madre, por contarme historias de fantasmas

DÍA 1

ACABAMOS DE LLEGAR A LA CASA. Se conserva bien a pesar de haber sido construida en el siglo pasado. Tiene dos plantas, la rodean cientos de árboles y está a las afueras de la ciudad. Es justo lo que Óscar había pedido.

Quiero aclarar que no estamos de vacaciones. La agencia inmobiliaria nos ha cedido esta casa mientras esperamos a que nos vendan el piso. Luego cogeremos ese dinero, pagaremos nuestra deuda y empezaremos de cero.

¿Qué necesidad tenemos de refugiarnos aquí? Se debe a que mi marido es un gilipollas que se apuesta lo que no tiene con gente que no debe, y ha terminado con la nariz rota y una amenaza de muerte debajo de nuestra puerta.

Yo llevo llorando a escondidas y evitando hablar con él desde entonces. Óscar intenta animarme como si fuera una niña pequeña, se disfraza de marido ejemplar, busca mi perdón y hace planes para un futuro mejor. Pero ahora mismo él no tiene cabida en mis planes de futuro.

Las escaleras de la casa me parecen una mala idea para nuestras gemelas. No llegan al año pero ya saben gatear, y me da miedo que en un descuido terminen rodando por los escalones. Intentaré tenerlas siempre en el piso de abajo y subirlas solo cuando vayamos a dormir.

Estoy en la cama y mi marido me acaricia la pierna con un dedo mientras me repite que lo siente y jura que me lo compensará, que

143

saldremos de esta y nunca volverá a darme un motivo para odiarle. Yo le doy un beso en las tiritas que cubren el tabique roto de su nariz, pero no le digo nada. No quiero hablar. Si tuviera que hablar le gritaría, le faltaría al respeto y le pediría el divorcio. Y esto es algo que pienso plantearmelo seriamente cuando salgamos de aquí. No quiero hacerlo en un arrebato: quiero tener los papeles preparados sobre la mesa y los consejos de un abogado.

Siento como su mano asciende lentamente hasta colocarse encima de mi pecho, lo masajea y lo aprieta con suavidad. Luego desciende y busca colarse por dentro de mi pijama.

– No quiero – le digo.

Retira la mano y ni lo vuelve a intentar. Resignado me da la espalda.

DÍA 2

Es la segunda vez que mi marido pregunta si le he llamado. Le digo que no y sigo limpiando la cocina. Me veo reflejada en el cristal de las puertas del armario y me doy asco. Tengo ganas de llorar y ni siquiera lo hago para evitar que me escuche y venga a consolarme. Me gustaría meter a mis hijas en el coche y largarme de este sitio. Pero ya no tengo padres, ni amigas. Mi vida era él y ahora siento que también se ha ido. O que quiero que se vaya. Escupo con rabia sobre el cristal y paso el trapo por encima.

Estoy depilándome las piernas en la bañera y me he cortado.

Me quedo mirando el hilo de sangre que se desliza por mi espinilla como si no hubiera nada más en este mundo.

Cuando era niña mis padres se divorciaron y comenzaron a mimarme demasiado. Me volví una caprichosa y una consentida. Pero un día, ya en la adolescencia, mi madre se echó un novio, y con él llegó la disciplina; se acabaron mis caprichos y dejé de ser la protagonista de mi casa. Era tal mi rabia cuando me castigaban que me dio por arañarme los brazos para que pudieran ver todo el odio que sentía reflejado en mi piel. Pronto descubrí que aquellos cortes me apaciguaban y no me hacía falta gritar ni enfadarme: bastaba con que vieran un tajo en mi brazo para volver a ser la reina de mi hogar.

La visión de la sangre y el dolor me calma, me hace olvidar mis desgracias.

El primer corte ha sido sin querer, el segundo, el tercero, el cuarto... ya no.

DÍA 4

Ahora soy yo quien cree escuchar mi nombre. Le pregunto a Óscar pero me dice que no me ha llamado. Me quedo mirando a las niñas, por si de pronto les ha dado por decir *Andrea* antes que *mamá*. Carla tiene el chupete y Alicia sigue durmiendo. Deben de ser imaginaciones mías.

La profunda respiración de mi marido me despierta a media noche. Compruebo que las gemelas duermen y voy al lavabo. Me bajo el pantalón del pijama hasta los tobillos y examino mis heridas mientras orino. Me hago sangre al arrancarme la costra. Estoy intentando arrancarme la segunda cuando escucho una respiración. No es la mía, ni la de mi marido. Suena junto a mí y la siento excitada. Me subo rápidamente los pantalones y vuelvo a la cama sin tirar de la cadena.

DÍA 6

Me he planteado el suicidio. Pero luego miro a mis hijas y se me hace un nudo en el estomago. Debía haberme suicidado cuando era una adolescente y la idea me rondaba en la cabeza. Así no hubiera conocido a Óscar y no estaría en esta situación.

Me encierro en el lavabo y, como entonces, me hago un corte en la pierna con la cuchilla de afeitar. Mis pensamientos suicidas se desvanecen, pero en cambio escucho de nuevo esa respiración. No han sido imaginaciones mías. Miro a mi alrededor y corro la cortina del baño, pero me encuentro sola. Y sin embargo hay alguien, puedo sentir su presencia; está respirando frenéticamente, como un pervertido que se masturba mientras me observa.

– Más, más, más... – dice una voz. La cuchilla se me cae al suelo. Abro la puerta del lavabo y bajo rápidamente entre gritos. Mi marido me agarra del brazo e impide que salga al exterior. Le digo que hay alguien en la casa y se acojona vivo pensando que nos han encontrado los matones a los que debe dinero. Me ayuda a coger a las niñas y corremos al coche. Está tan nervioso que no consigue arrancar. Entonces intento tranquilizarlo, le digo que no es nadie de carne y hueso, y le confieso creer que es un espíritu.

Se enfada, me grita y me llama estúpida, y sé que lo hace porque está avergonzado de haber reaccionado tan cobarde-men-te. Necesita sentirse fuerte, el macho alfa de la familia.

Salimos del coche. Óscar abre el maletero y coge una pala que aún conserva la etiqueta de la tienda. La compró con la intención de enterrar una caja de zapatos con nuestros deseos, para regresar en un futuro y ver si se han hecho realidad. Pero sé que él escribirá un imposible: «Seguir siendo una familia unida».

Siento vergüenza ajena al verlo subir con la pala. Entra en el lavabo y, claro está, no ve nada. Pero sí descubre la cuchilla y la sangre en el suelo. Me pregunta y me pongo nerviosa. Le digo que me he cortado depilándome. Él se relaja, se disculpa por haberme gritado y me pide que le enseñe la herida. No quiero. Pero ahora va de marido ejemplar y termina arrodillándose y levantándome el pantalón. Se asusta al ver los cortes. Me baja los pantalones y se queda de piedra al contemplar las heridas. Me pregunta qué me ha pasado. Le digo que fue sin querer pero no me cree. Me acusa de haberme cortado a propósito y yo no le contesto. Me grita. Me llama loca. No aguanto más y le suelto que quiero el divorcio. Y él me responde con una bofetada.

Termino sentada en el baño, con la mano en la mejilla y una herida sangrante en el labio. El dolor me provoca alguna lágrima, pero en general me siento bien. Joder, me siento tan de maravilla que tengo ganas de echarme a reír.

Me paso la lengua por el labio superior; lo tengo ardiendo. Y de pronto escucho de nuevo la respiración. Siento miedo y, por primera vez, me pregunto si soy yo quien atrae a ese ser con mi sangre. Echo un escupitajo rojo en el suelo y oigo un gemido de placer. Se me pone la piel de gallina y hago un amago para salir del lavabo, pero no quiero cruzarme con mi marido.

Me quedo aquí sentada, con la cabeza apoyada en la pared.

– ¿Quién eres? – pregunto.

Y la voz me contesta.

DÍA 7

– Ya sabes lo que tienes que hacer...

Escucho la voz en sueños. Me llama por mi nombre. También conoce el nombre de mis hijas, de mi marido. Se muestra como un hombre atractivo y joven; con unos ojos del color del fuego y un pelo ondulado y dorado como el oro. Solo le afea un horrible y profundo corte que empieza en el lado izquierdo del rostro y desciende hasta el pie, creando una brecha incluso por encima de la ropa. De pronto, su carne se consume y se transforma en un esqueleto que se arrastra por el suelo y camina por el techo. Su rostro es ahora una calavera, y me caigo dentro de la oscuridad de sus cuencas vacías.

Me dice que antaño fue poderoso, temido y conocedor de los secretos del mundo; incluso de los más ocultos, antiguos y malditos. Se hizo inmortal, condenando su alma a vivir eternamente dentro de un cuerpo muerto, alimentándolo por las noches y saliendo de él por el día, como en un viaje astral, cuando el cuerpo descansa y se protege de la luz del sol. Pero ahora se encuentra estático y encadenado día y noche; él puede oler y ver la sangre, pero se consume y enloquece al no poder tomarla.

– Ya sabes lo que tienes que hacer...

Despierto con un fuerte dolor en el abdomen. Tengo la regla.

Compruebo que mis hijas duermen y, por un momento, pienso en llevarme a una de ellas al lavabo y acariciarla con la cuchilla.

147

- Sí, sí, sí, hazlo, hazlo - me dice la voz.

Me doy la vuelta y me encierro en el cuarto de baño. Si quiere sangre tendrá que conformarse con la mía. Me desnudo y me siento en el retrete. Imagino que el inodoro es la lengua de la casa y que esta me lame mis partes íntimas. Me hago cortes en el pubis y el agua del váter se oscurece. Escucho arañazos en las paredes y las tuberías crujen. Mi cuerpo se estremece de placer. Creo que estamos teniendo sexo.

DÍA 9

No deja de hablar. Me halaga. Dice lo que quiero oír y su voz me hipnotiza, construyendo en mi mente imágenes nítidas de un mundo de ensueño.

Creo estar enamorada y decido hacerle un regalo, demostrarle mi amor.

Me desnudo y pinto en las paredes de una habitación con la sangre de mi regla. Accedo a probarla y me gusta. Jamás he tomado nada tan delicioso. Bailo de puro placer, río y planto besos en el suelo. Él los siente como si estuviera tocando su cuerpo y me pregunta cuándo estaré dispuesta a conocerlo. Me pongo tan nerviosa como una colegiala y contesto que me muero de ganas por estar con él.

De pronto se calla. Me giro y doy un respingo al ver una silueta apoyada en la puerta.

Es mi marido. Lleva una taza en la mano y observa mi cuerpo con horror.

Hace un intento patético de llorar y yo le grito que se vaya. Me dice que han llamado los de la agencia; ya han vendido el piso, ya podemos regresar a la ciudad.

Se dispara mi corazón. No quiero irme, no sin haberlo conocido.

Voy a salir de la habitación pero Óscar me coge del brazo.

- ¿Qué coño te pasa? - pregunta. Su aliento huele a alcohol.

- Llévatelas: yo me quedo - le digo.

Al principio me mira sin comprender, pero luego empieza a llamarme loca y amenaza con ingresarme en un manicomio. Las niñas lloran y me tapo los oídos. Las quejas de mi marido y los gritos de las niñas son como tenedores arañando un plato. Solo quiero escuchar la voz de la casa. Solo quiero escuchar a mi amante.

Lo dejo con la palabra en la boca y me encierro en el baño. Me quedo mirando los cortes de mis brazos. Uno de ellos se está infectando. Me da igual. Agarro la cuchilla y me abro las heridas. La sangre cae a chorros y moja mis pies. Aparece la voz. Siempre viene a mí cuando huele la sangre. Me ordena que me detenga y que obedezca sus órdenes, pues ha llegado el momento del encuentro.

Salgo del lavabo y me topo con Óscar esperándome en el pasillo. Se tambalea. Me insulta y veo el odio y el miedo a perderme en sus ojos. Intento pasar a su lado pero me detiene. No para de hacerme preguntas. Por mis cortes, por mi petición de divorcio, por si le pongo los cuernos. Yo me río, le llamo borracho e intento dejarlo atrás. Me detiene, forcejeamos y me caigo. No sé qué le enfada más, la confesión de que tengo un amante o que además lo llame cobarde. Se lanza sobre mí e intenta golpearme la cabeza contra el suelo. Yo le araño el rostro hasta que me suelta. Lo dejo retorciéndose de dolor y abandono la casa sin hacer caso de los llantos de las gemelas.

Sigo las órdenes de la voz de mi amante, cojo la pala y me dirijo a la parte trasera de la casa. Empiezo a cavar y a cavar motivada por los gemidos de placer que escucho a mi lado. De pronto, toco algo duro. Me agacho y escarbo la tierra con las manos hasta descubrir la tapa de un ataúd.

- ¡Abre! - su voz suena como un trueno en mitad de la noche.

Rompo la tapa de un palazo y arranco la madera.

Descubro a mi amante. Es un esqueleto que ha venido a la cita con un traje acartonado por el paso de los años y atravesado por una estaca clavada en el pecho. Tiene la boca rellena de ajos podridos y un crucifijo colgado del cuello.

- Quítame las cadenas - me dice la voz.

Le quito los ajos, la cruz, y al sacarle la estaca me llevo parte de la camisa, dejando al descubierto un corazón con vida y que tan solo fue rozado por la punta de la madera; apenas le produjo un corte.

- Ya sabes lo que tienes que hacer.

Me araño los brazos. Dejo caer la sangre sobre la calavera y las costillas. De repente el corazón comienza a bombear y salen disparadas unas venas en forma de tentáculos que lamen la sangre y se abrazan a los huesos. Estas lenguas se van agrandando a medida que toman su alimento, transformándose en arterias, órganos y tendones. El esqueleto sufre una descomposición invertida. Por último se forman los músculos de la cara, el cabello, la piel y los ojos.

Mi amante se incorpora sin apartar la vista de mí. Es igual de bello que en mi sueño. Creo desmayarme, pero él me sujeta, y me besa.

Y con el beso se rompe el hechizo. Mis ojos contemplan ahora a un monstruo, un ser del inframundo, un vampiro salido de la tumba.

Escucho el llanto de las gemelas y veo a mi marido yendo hacia el coche con ellas en brazos.

- Estoy en deuda contigo. ¿Quieres ser mía, o quieres ir con ellos? - me pregunta.

- Quiero estar con ellos - contesto. Y puedo jurar que nunca lo he deseado tanto como en este momento.

El vampiro sonríe, enseña los colmillos y me muerde en el cuello. Siento nublarse la vista a medida que me voy quedando sin sangre.

Abro lentamente los ojos y escucho la respiración de mi marido. Es costosa, como si sus pulmones estuvieran desinflados. De pronto, caen sobre mí los cuerpos de las dos niñas. Las quiero abrazar, pero no tengo fuerzas para mover los brazos.

– Deuda zanjada – me dice el vampiro. Veo que tiene la pala en la mano.

Me siento como si estuviéramos dentro de la caja de zapatos, y al menos el deseo de mi marido se ha hecho realidad.

Seguimos siendo una familia unida, pienso mientras nuestros cuerpos se van cubriendo de tierra.

Sobre el autor de «Sangre»:

Enrique Cordobés nació en Barcelona, el último día de 1983, aunque actualmente reside en el Prat de Llobregat. Lleva escribiendo desde los quince años y "Sangre" es su primera publicación. En breves saldrá publicado su relato "Alta suciedad" en la antología *Calabazas en el Trastero: Conspiraciones* (Saco de huesos).

Participa en la web de cultura www.ociozero.com, en la que se desarrolló la segunda convocatoria del Concurso homenaje a Polidori, bajo el pseudónimo Sanbes.

Negocios

Por José Manuel Fernández Aguilera

Jazz en el pasillo, a todo volumen. Eso encontró David al salir del ascensor. Jazz, moqueta raída, pintura sucia y muchas puertas cerradas. Los sonidos más graves hacían temblar los cristales de la pequeña ventana que comunicaba con el patio interior del edificio. Los agudos, vertiginosos y brillantes, le provocaban cosquillas en el estómago. Eran casi las once de la noche de un jueves y era aquel un barrio humilde, repleto de resignados madrugadores, pero estaba seguro de que ningún vecino protestaría por el exceso de decibelios. No se atrevería.

El concierto se originaba, cómo no, en el apartamento hacia el que él se dirigía. Llamó tres veces al timbre, según lo acordado. Apenas añadió con ello un tenue zumbido al festival de sonidos, pero, al instante, la música cesó.

Su objetivo abrió la puerta: un tipo delgado que aparentaba unos sesenta años de edad, de cabello gris, mirada intensa y nariz algo ganchuda. Era apuesto, o al menos lo había sido Dios sabe cuándo. Vestía un traje oscuro de corte italiano, bastante pasado de moda, y zapatos de piel blanca con puntera y talón negros. Se llamaba Charles Debrowski, y era un monstruo.

- ¿Señor Debrowski? Soy «Sol mediterráneo y arena». Creo que me estaba esperando - dijo David. Adelantó su mano izquierda y desplegó su mejor sonrisa de cortesía.

El señor tardó un par de segundos en devolver el saludo. Lo inspeccionó de arriba abajo con gesto suspicaz.

- Sí. Encantado, encantado. ¿Le ha costado mucho encontrar mi domicilio?

- No, la verdad; el GPS del móvil hace maravillas.

- Desde luego. ¡Bendita tecnología! - exclamó Debrowski-. No habrá sido sencillo, de todas formas, manejar ese cacharrito con su mano izquierda, ya que mi intuición me dice que usted no es zurdo. ¿Qué le ha ocurrido en el brazo derecho?

Debrowski señaló el aparatoso cabestrillo que sostenía el brazo escayolado de su visitante. David puso cara de idiota.

– Oh, esto. Me estaba dando una ducha, resbalé y... en fin, no pude haber caído peor. Roto por tres sitios – explicó.

– Qué lástima. Una mala semana, sin duda. También tiene unos pequeños moratones en el cuello, como si alguien hubiera intentado estrangularlo.

Tragó saliva. Se acarició instintivamente esa zona.

– Y que lo diga. La semana ha sido de aúpa. – «Concentración. Concentración, cojones», se dijo David–. Practico artes marciales. Judo. Hay veces en las que mis compañeros se lo toman demasiado en serio.

– Son competitivos, ¿eh?

– Demasiado. Ya no saben qué hacer para vencerme – bromeó.

– Bueno, quizás si luchasen en una bañera... – dijo Debrowski, que había adoptado una expresión más relajada–. ¡Oh! Vaya modales que tengo. – Se apartó del umbral–. Pase, por favor.

Accedió con toda la naturalidad que le permitieron el miedo y los nervios. Colgó con torpeza su abrigo en el único espacio libre del perchero. Luego admiró la colección de sombreros que pendía del mismo, muy del estilo Sinatra, y contempló su reflejo en el espejito que había en la entrada. Se preguntó cuándo sería la última vez que su dueño pudo hacer lo mismo.

La casa era pequeña, vieja y estaba abarrotada de muebles, cuadros estrambóticos, cajas y trastos varios. Todos con una buena ración de polvo, salvo el tocadiscos y el sillón orejero que había a su lado, sillón que fue ocupado de inmediato por Debrowski. David, por su parte, tuvo que conformarse con una pequeña banqueta que crujió bajo su peso.

– Hay sillas por ahí, pero todas tienen mil cacharros encima; sería bastante tedioso tener que sacarlas. Espero que no le importe – se disculpó el anfitrión.

- No hay problema. - Miró alrededor-. Dígame, ¿hay alguien más en la casa?

- ¿Alguien más? - Debrowski inspeccionó con mucha teatrali-dad el interior de la caja de cartón que tenía más cercana-. No, estamos solos.

- Esperaba... Bueno, ya sabe, que hubiera personal cualificado para la extracción, como es habitual en este tipo de negocios. Al menos a este nivel.

El tipo se recostó en su sillón y entrelazó las manos sobre su regazo.

- No será necesario, confíe en mí.

- El método «clásico»...

- Es sucio y obsceno - le interrumpió Debrowski-. Lo sé. Y peli-groso también. Al menos para ustedes. - Sonrió-. No pretendo tocarle, se lo aseguro. Conozco las normas. Además, ambos somos caballeros. Seres civilizados. La era de las salvajadas quedó muy atrás.

- ¿La extraerá usted, entonces?

- Llegaremos a eso. Tranquilo. ¿Por qué tanta prisa? Como digo, somos seres civilizados. Este «nivel», tal y como usted lo ha denominado, nos permite tomárnoslo con calma. No estoy com-prando una botella de whisky de contrabando en un callejón oscuro, por Dios; ¡no soy un simple adicto, ni es usted un mero recipiente! - Resopló-. Me gustaría que conversáramos, que nos conociésemos un poco. He pagado una buena suma, una cantidad indecente, dirían algunos, y creo que no es mucho pedir. ¿Qué piensa usted?

- Que tiene toda la razón, señor Debrowski - concedió David. Discutir no le llevaría a ningún lado. O, mejor dicho, a ninguno bueno: cuando levantó la voz, la piel de su interlocutor se volvió más pálida, sus ojos más brillantes y ojerosos e incluso creyó vislumbrar, durante un instante, un par de prominencias sospe-chosas en su cuidada dentadura.

—Me encanta oír eso —le respondió con sorna—. Disculpe mis bufonadas. Está usted tan tenso... —Se llevó un dedo a los labios y entrecerró los ojos—. Me preguntaba si estábamos solos, ¿verdad? Verá, hay ciertas cosas que uno prefiere hacer en privado, sin más compañía que la de los propios pensamientos. Reflexionar sobre acciones pasadas y futuras, sobre el rumbo de la vida... O, por ejemplo, escuchar música de calidad, de la auténtica, la que consigue llegar hasta lo más profundo del corazón. —Dirigió la palma extendida de su mano hacia el tocadiscos—. ¿Ha escuchado usted mi música, por casualidad?

—Sí —contestó.

«Al igual que medio barrio».

—¡Ah! ¿No es fantástica? Nunca tengo suficiente. Necesito más, y más, y más alto... me abraza, me embriaga. ¿Le ha gustado? ¿Ha reconocido al artista?

David negó con la cabeza.

—Soy más de música pop —contestó. Se encogió de hombros.

La apasionada mueca de disgusto de Debrowski precedió a una no menos impresionante carcajada.

—¡Esa ha sido buena! Así me gusta, sí señor. Como decía, es un privilegio disponer de soledad cuando uno la necesita. Poseo una mansión de incontables habitaciones, con sus lujos absurdos, sus mayordomos, sus guardaespaldas y una fila interminable de idiotas frente a la puerta ansiosos por hacerme la pelota y pedirme favores, no siempre en ese orden. Pues sepa que en ningún lugar estoy más cómodo que en este cuchitril. —Extendió los brazos—. Vamos, no ponga esa cara. Sé lo que opina de este lugar. Este agujero sucio y pestilente es mi verdadero hogar; aquí me aíslo del mundo, aquí me convierto en el eje sobre el que gira el universo. Fue mi primera casa, hace más tiempo del que me gusta reconocer. Cada objeto con el que se tropiece su mirada tiene una magnífica historia detrás que ya a nadie le importa.

»Este es mi refugio. Mi paraíso particular. Aquí me entrego, en definitiva, a mis mayores placeres, y uno de ellos es beber sangre fresca de la más alta calidad, esa que está al alcance de tan poquísimos paladares.»

- Y bolsillos - añadió David.

- En efecto. Sangre como la suya.

A David se le erizó el vello. Miró al suelo, carraspeó y habría saltado gustoso por la ventana con tal de no soportar ni un segundo más la mirada de deseo de aquel engendro.

- He sacado esto del ordenador - dijo Debrowski a la vez que extraía un papel arrugado del bolsillo interior de su chaqueta-. O, mejor dicho, lo han sacado a petición mía. Yo jamás he tocado uno de esos artilugios, ni lo tocaré. «Sol mediterráneo y arena: un vino espectacular. Seductor. Único.» - leyó. Hizo una pequeña pausa para regalarle un guiño-. «La esencia de mil veranos apasionados se recoge en este incomparable producto. Potente, denso y distinto, con un equilibro perfecto de acidez y dulzura. Sabor intenso y desafiante, solo para los más atrevidos. Una auténtica joya. No deje pasar la oportunidad». Vaya. Ahí queda eso. Luego indica un precio, pero el de verdad tiene más ceros. ¿Qué le parece?

- Quizás es una descripción un tanto... pomposa.

- Quizás. Pero ¿es merecida? ¿Es su sangre tan especial como prometen?

- Eso dicen - contestó David-. Yo nunca la he probado, pero me fío de la opinión de los expertos.

- Mal hecho. Verá, unos expertos me aseguraron que tenía algo maligno en un pulmón y que no duraría más de seis meses vivo. Eso fue en los setenta. - Exhaló un largo suspiro-. Tenían razón, en cierto modo; en base a las reglas del juego, tenían toda la razón del mundo. Pero no sospechaban que en este juego también se puede hacer trampas. - Sacudió la cabeza-. Oiga, ¿le aburro demasiado?

- No, claro que no.

- ¿Cuánto tiempo lleva en este negocio? Imagino que no mucho, o no estaría tan nervioso.

«Concentración».

- Llevo una buena temporada, pero lo cierto es que no creo que llegue a acostumbrarme nunca - explicó David.

- No le gusta.

- Preferiría otra forma de ganarme la vida.

- Hay pocos empleos honrados en los que se gane tanto y tan rápido, ¿no cree?

- Sí, pero...

- Y usted tiene un don. Una cualidad que lo hace excepcional. ¿Cuál es el problema, entonces? ¿Tiene miedo de la gente como yo?

- Un poco - confesó David.

«Pero no sois *gente*. Ya no».

Debrowski se inclinó hacia delante.

- Hay personas que aman con locura el dinero. Conozco a muchas; soy rico. Pero usted no es de esos. Usted lo necesita. Y con urgencia. ¿Puedo preguntar por qué?

- Señor Debrowki, con todo el respeto, no creo que sea necesario entrar en tantos detalles.

- Vamos, ¡vamos! Olvídese de ese respeto y de ese pavor que lo tiene tan rígido. Deje de verme como a un cliente, se lo suplico. Somos amigos manteniendo una simple conversación. Como si nos hubiésemos conocido en un bar, en un ascensor averiado, o en la cola del cine. Y los amigos se ayudan en la medida de lo posible. ¿Le he dicho ya que soy rico? - Sonrió-. Dígame: ¿para qué lo necesita? - Ladeó la cabeza y frunció un poco el ceño-. ¿O para quién?

Bingo. Para David fue como una bofetada.

«Concentración».

- Mi pareja tiene problemas - dijo David-. Deudas que arrastra desde hace años y que le impiden salir a flote. Deudas enormes. Con este trabajo lo que pretendo es que ambos podamos empezar desde cero.

«Concéntrate, busca el momento adecuado y termina de una vez con esto».

Debrowski asintió con gesto compungido.

- Entiendo. Pues déjeme decirle una cosa: puede olvidarse de ese problema. Por completo. - Dio una palmada- . ¡Solucionado!

- ¿De qué habla?

- Un favor por otro favor. Beneficio mutuo. De eso le hablo, amigo mío. Espere un segundo.

El monstruo se levantó, dio un empujoncito al sillón con su dedo índice y lo desplazó un metro a la derecha. En el suelo de parqué recién descubierto había una pequeña trampilla, bien disimulada salvo por la muesca en la madera que funcionaba como asidero. Debrowski la abrió e introdujo el brazo hasta el hombro. Cuando reapareció, su mano portaba un maletín plateado.

Colocó de nuevo el sillón en su sitio y tomó asiento, con el maletín sobre sus rodillas.

- No voy a probar su sangre hoy, por deliciosa o apetecible que esta sea - dijo Debrowski- . Le necesito para algo mucho más importante. ¿Conoce usted a George Brannon? ¿Le suena al menos el nombre?

David no respondió.

- El corazón se le ha acelerado tanto que parece que quiera escapársele del pecho, lo cual tomaré como un «sí» - prosiguió- . Claro que lo conoce, puesto que es cliente suyo. Tengo entendido que acudirá a su residencia dentro de dos semanas para darle a probar esa maravilla que le corre por las venas. No se sorprenda; sé que en su empresa son muy estrictos en lo que a privacidad se refiere, pero soy un hombre con recursos.

»Yo también lo conozco. Desde hace casi un siglo, cuando aún éramos mortales frágiles y asustadizos. Luchamos juntos en los bajos fondos, espalda contra espalda, y sobrevivimos el uno gracias al otro. Nos transformaron el mismo día, merced al mismo par de colmillos, y entonces caímos de lleno en un submundo muchísimo más peligroso, pero, a la vez, repleto de posibilidades... ¡Ah! Seguíamos siendo un excelente equipo, lo que nos valió para escalar a la velocidad del rayo por la arcaica y obsoleta jerarquía de los vampiros de la ciudad. He perdido la cuenta de los enemigos que nos procuramos por el camino. Por suerte, están todos muertos. - Permaneció varios segundos con la mirada perdida-. Éramos muy distintos, pese a todo. Yo era la maña y él, la fuerza. Yo trazaba planes concienzudos, elegantes y sutiles, mientras que él se inclinaba más por arreglarlo todo de forma contundente, brutal y, a poder ser, adornada con fuegos artificia-les. - Expresó su desaprobación con una mueca-. Lo que al princi-pio eran virtudes complementarias se fueron convirtiendo en diferencias irreconciliables, hasta el punto de que llevamos un par de décadas sin dirigirnos la palabra. Ahora, con todo el dolor de mi corazón, necesito que alguien lo elimine. Ese alguien será usted.»

- ¿Disculpe? ¿Yo? - dijo David con un hilo de voz. Su garganta quería estallar en una risa histérica. Su estómago le imploraba vomitar hasta la primera papilla.

«Acaba con esto de una vez».

- Se acerca una fecha tremendamente importante - continuó Debrowski-. Pronto será elegido el nuevo jefe del concilio que rige a los de nuestra especie. Solo hay dos candidatos. Supongo que no hace falta que le diga cuáles.

Abrió el maletín, le dio la vuelta y mostró a David su contenido. En un mar de gomaespuma negra flotaba una pequeña jeringa cargada con un líquido azul brillante.

- No toma medicamentos para ese problema en su brazo, ¿verdad? Jamás toma medicinas.

- No, la verdad es que no - confirmó David.

- Obvio. También seguirá una dieta estricta y... en fin, qué le voy a contar que usted no sepa. Los *chupasangre* poseemos un sentido del gusto muy desarrollado, capaz de percibir casi cualquier alteración en nuestro alimento. Repito: casi. Este compuesto pasará inadvertido al paladar de Brannon, y tampoco aparecerá ningún indicio del mismo en los análisis habituales. Usted se lo inyectará la noche anterior a su visita al domicilio de mi querido enemigo, antes de irse a la cama. Al día siguiente...

- Señor Debrowski, por favor, no siga.

- ¡Escúcheme! Déjeme terminar. Este compuesto es totalmente inocuo para los seres humanos corrientes. ¡No sentirá nada en absoluto, le doy mi palabra! Sin embargo, cuando un vampiro beba su sangre, además de deleitarse con toda su mediterránea excelencia, estará introduciendo en su cuerpo un agente que acabará con su vida en un plazo no mayor a dos o tres días.

- ¿Un agente? ¿Veneno? ¿O es un virus? Mire...

- Ajo - dijo Debrowski, muy serio-. ¡Ja! Es broma, es broma. Relájese de una vez, por Dios. No sé qué porquería habrá ahí metida, pero en esta ocasión no me queda otra que fiarme de la opinión de los expertos que trabajan en mi laboratorio. - Apretó los puños. Temblaba de emoción-. Al día siguiente, usted decidirá jubilarse. Así de sencillo. Ya no necesitará más dinero, se lo aseguro; yo me ocuparé de ello.

- No puedo hacerlo.

- Podrá comenzar esa nueva vida de la que hablaba. ¡Imagínelo!

- Ya le he dicho...

- ¡No! ¡No lo entiende! - gritó el monstruo. Dejó ver sus colmillos, esta vez sin disimulo-. Brannon es un carnicero. Un ser perverso. Odia a los humanos; los considera poco más que simple ganado. No se imagina lo que podría llegar a ordenar si se hace con el poder.

- Por favor, no me lo ponga más difícil.

- ¿Difícil? ¿Qué puñetera dificultad entraña esta misión? ¡Un pinchazo! ¡Un simple pinchazo, por amor de Dios! ¡Luego continúa con su rutina, y un buen día el dinero ya está en el banco!

- El dinero *ya* está en el banco. Lo siento mucho. Yo...

«Ahora».

David apuntó con su brazo escayolado hacia Debrowski. El extremo reventó, liberando una lluvia de trozos de yeso y mucho humo. La tela quemada del cabestrillo se enrolló hacia atrás, como los pétalos de alguna flor exótica.

Una estaca de aluminio se incrustó en el pecho del monstruo, atravesó su corazón podrido y lo dejó clavado en el sillón. Debrowski contempló el extremo romo de la estaca con sus ojos enrojecidos y abiertos al máximo al tiempo que una mancha negra y humeante se extendía alrededor de la herida. Intentó liberarse, pero ya no tenía la fuerza necesaria. Echó la cabeza hacia atrás y emitió un gemido agudo y entrecortado. Su camisa comenzó a arder.

–Lo siento, de verdad –dijo David entre toses–. No tenía elección.

Tiró lo que quedaba del pesado cabestrillo al suelo. Se desparramaron sus engranajes secretos, ya inútiles. Masajeó el brazo dolorido. Tenía quemaduras en los dedos, sobre todo en el que había pulsado el gatillo. Se levantó, recogió su abrigo y, tras meditarlo, decidió llevarse también el maletín con la jeringa.

«Estás loco».

Antes de marcharse volvió a encender el tocadiscos. A todo volumen. Creyó atisbar media sonrisa en el rostro tenso del vampiro, allí donde pronto no hubo más que hueso y cenizas.

Sobre el autor de «Negocios»:

José Manuel Fernández Aguilera (Málaga, 1984) es un médico aficionado al cine y la literatura de terror que roba horas de donde puede para dedicarlas a la escritura, su hobby predilecto.

Ha participado en varias antologías, como la resultante del *II concurso Ovelles elèctriques*, del que fue el orgulloso vencedor; también en *Horror Hispano - Más allá*, *No tocar* y en un par de números de *Calabazas en el trastero*: *Arañas* y *Creaturas*.

CUANDO SE SUPONE QUE UNA MADRE ABRAZA A UN MONSTRUO

Por Ignacio Cid Hermoso

EN TODO EL PANTANO DOMINA una tímida oscuridad que ya muere en ansias por los bostezos del sol de la madrugada. El agua es una balsa de calma, negra y profunda, rota tan solo en apariencia por la estela de un camino de barquichuela.

No se divisa más vida que la de aquella mujer que gobierna su pequeña embarcación, dirigiéndola hacia el centro del pantano para buscar la intimidad del agua en calma chicha. Junto a ella está su hijo. Agachado, se entretiene con unos cubiletes de madera que hace rodar por el suelo de la barquita mientras su madre rema y suda en silencio. Suda, a pesar de que el sol aún no haya asomado su hocico de luz por el horizonte. Quizá sea debido al esfuerzo, o quizá debido a la incertidumbre que la paraliza de miedo. Sea por el motivo que fuere, la mujer suelta los remos en ese instante y se reclina hacia atrás, al abrazo de la popa. Observa a su hijo con una expresión de gelidez descorazonadora.

Tan pequeño, tan rubio. Tan ajeno a su destino...

Menea entonces la cabeza y, con un movimiento instintivo, cubre su antebrazo del sudor que le cae de la frente. Después, vuelve a inclinarse hacia delante. Hacia su pequeño.

– Sergio – dice con suavidad, a escasos centímetros de la cabeza de su hijo– . Sergio... – repite una vez más.

El pequeño Sergio levanta la mirada y enfrenta los ojos de su madre. Ese brillo infantil quiebra el hilo de voz de la mujer, que de inmediato queda imantada por el azur iridiscente que emana. Echando mano de toda su voluntad, levanta el brazo hasta interponerlo entre ellos dos. El embrujo se deshilacha entonces y la madre vuelve a recuperar su voluntad. Desviando ligeramente su atención, acaricia con suavidad el cráneo aún sin soldar de su hijo.

– Sergio, cariño... ahora tienes que estarte quieto mientras mamá te prepara, ¿quieres?

El niñito, de apenas un año, permanece confuso ante la postura de su madre, a pesar de que esa sea la forma en que siempre se dirige hacia él, con el rostro apartado, la mano sobre su cabecita, los ojos entornados, la posibilidad tan lejana de un acercamiento más íntimo. Después, esboza un amago de sonrisa y responde en su lengua de papilla

– *Mamá. Pepara.*

– Eso es, Sergio. Mientras mamá te prepara...

Y entonces se incorpora y aparta su mano de la cabeza del niño. Al hacerlo tiembla, y por eso se abraza a sí misma con fuerza, para obligarse a permanecer en calma. Como el agua de aquel pantano. En calma total.

Se acerca de nuevo a la parte trasera del bote y revuelve entre los objetos que ha traído consigo. Encuentra lo que quiere y lo arrastra hacia su hijo, que en ese momento vuelve a prestar toda su atención sobre sus cubiletes de colores.

Reda. Reda. Reda...

Rueda. Rueda. Rueda...

Sostiene uno de sus pies sin que el niño se moleste en indagar sobre el misterioso asunto que mantiene ocupada a su madre. Pasa por debajo el extremo libre de la cuerda. Primero por uno, después por el otro. Los enlaza por encima y a continuación, con un sutil baile de manos, los ata en un nudo que aprieta sobre las pantorrillas arañadas de Sergio. El pequeño, al sentir la presión en su piel, levanta una vez más la mirada hacia su madre, sorprendido. Y sonríe. Pero su madre gira la cabeza y evita el contacto visual. Siente entonces la primera bocanada de angustia luchando por aflorar a su garganta y convertirse en una arcada. Se lleva la mano al pecho y se desahoga en un leve gemido de algo parecido al dolor, pero más rojo. Su hijo la mira con los pies atados, intentando buscarla, intentando amarrar sus ojos en los de su madre, pero al no encontrarlos devuelve su mirada al juego. No hay tristeza en ese gesto. Solo costumbre. Ahora, el niño sabe que no podrá levantarse porque sus pies están juntos y no los puede mover. No se rebela contra ello. Simplemente, sigue jugando.

Reda. Reda. Reda...

En el otro extremo de la cuerda hay atados veinte kilos de pesas. La madre los levanta con dificultad y los deposita con cuidado sobre el borde de la cubierta, a escasos centímetros del vacío que lleva al agua. Después, eleva su mirada hacia el cielo. Apenas quedan diez minutos para el amanecer. Suspira. Observa la manta. Los demás objetos sobre la barca. Ha llegado el momento.

Con el corazón arrugado dando pena al borde de su garganta, se inclina sobre su hijito y contiene el llanto. Lo abraza con vehemencia mientras el pequeño se deja hacer. Una muestra de violencia sentimental a la que no está acostumbrado y que le hace sentir extraño. Ella lo aprieta contra su pecho, le hace inspirar el olor de su sudor, lo siente suyo por un instante. Aún con los ojos cerrados como en un puño de pestañas, no es capaz de contener la explosión de una tormenta de lágrimas. Pero no se atreve a dejarlas brotar. Retiene la emoción, no se permite gimotear.

La madre abraza al monstruo e intenta no llorar porque sabe que está haciendo bien. Se obliga a no sentir porque sabe que eso es lo que debe hacer.

- Señora, ¿se encuentra usted bien?

Otra embarcación, más pequeña si cabe, se ha acercado por detrás de su posición. Las dos comparten ahora el ombligo del pantano. La madre se aparta con brusquedad de su hijo y cercena el abrazo limpiamente. Ahora está alerta, asustada. Ahora sabe que puede que tenga que matar a aquel hombre.

- ¿Señora?, ¿señora? - repite el tipo de la segunda barca, un hombre de mediana edad con gorra y chaleco de pescador. Parece confuso, intrigado.

Entonces, la madre obra con rapidez. Sin dejar que su cerebro reordene la prioridad de sus actos, levanta a su hijo por las axilas y lo arroja al pantano. La cuerda comienza a resbalar por la cubierta del bote hasta tensar el extremo de las pesas. Al pescador se le encoge el estómago, intenta gritar, moverse, pero le estalla el miedo entre las manos. La mujer empuja el peso y lo ve hundirse junto con el cuerpo de su hijo. Rápidamente los engulle la oscuridad y el agua. Es en ese momento cuando el hombre grita y salta al pantano sin pensar en las consecuencias. Sin pensar en el agua helada ni en su propia vida.

En la oscuridad que sobre el agua del pantano vierten las montañas que lo rodean y el lodazal del fondo, el hombre no consigue ver nada y la angustia se apodera de sus brazos y de sus piernas. Bucea sin sentido, orientado por la intuición, viendo pasar por delante de sus ojos los detritos de los peces y de las algas. Al fin lo atisba, difuso, cayendo a plomo hacia la ciudad sumergida. Se le abre una brecha de esperanza en el pecho. Lo agarra por la cintura, pero las pesas arrastran a los dos hacia el fondo. Entonces se palpa el chaleco, sus muchos bolsillos se le antojan infinitos en ese momento de angustia, pero finalmente da con lo que busca. Despliega la hoja de su navaja y comienza a rasgar la cuerda. Mira el rostro del niño. Sus ojos están cerrados, su boca ya no desprende burbujas. Cuando lo libera, nada con él hacia la superficie, observando cómo aquel peso muerto desciende sin su presa a los confines de la vida.

Emerge sin aliento, arrebatando dentelladas de aire al amanecer, inflando y deshinchando sus pulmones en un movimiento de fuelle desesperado. Deposita el liviano cuerpo del niño sobre su barca. No respira. Cuando recobra el aire que le falta, se dispone a practicarle una maniobra de resucitación. Pero se olvida de la madre. La mujer, visiblemente alterada, ha abordado el bote del pescador y, con los ojos pendientes del borde de sus cuencas, se tira de los pelos y grita.

- ¡No!, ¡no!, ¡tiene que morir, desgraciado!, ¡no sabes lo que has hecho!

El pescador se vuelve, aturdido, hacia la alimaña que se acerca a su espalda. Aquella mujer no muestra indicios de humanidad. Se retuerce como un ser extraño, desesperado, hambriento y enloquecido. Blande ante sí un objeto afilado con movimientos espasmódicos. El pescador no distingue lo que puede ser, pero tampoco tiene tiempo para averiguarlo. Confundido, adelanta el filo de su navaja, pero la mujer se le echa encima como un huracán de pelos y saliva, desarmándolo, mandando su navaja a hacer compañía a las pesas. Dominada por la cólera, aquella bestia a la que la naturaleza otorgó el privilegio de ser madre se retuerce sobre el pescador, intentando clavarle aquello que empuña. Los primeros rayos del sol despuntan en el horizonte cuando cesa el forcejeo.

El hombre se desprende de la presa de aquella loca y, con brusquedad, la empuja por el borde de la embarcación. La mujer desaparece bajo la superficie, pero al cabo de unos segundos emerge, mezclando el escarlata de la flor que se abre en su vientre con el agua, coronada ahora por un cadáver crispado. El pescador intenta recuperar el fuelle, jadea aún sin comprender todo lo que acaba de suceder allí. De pronto recuerda que tiene el cadáver de un niño en su propio barco. Se acerca a él y, al contemplar su rostro entumecido, hinchado por el agua que ha tragado, no puede evitar derrumbarse y llorarlo con la pena de la que no fue capaz de hacer gala su propia madre. Acaricia su rostro frío mientras se convulsiona en un profundo llanto. Pero justo entonces, de la boca del niño y de sus fosas nasales, brota una arcada de agua oscura. Un chorro que se desprende en géiser de sus orificios y desatasca sus pulmones, devolviéndolo a la vida. El pequeño tose, se desgarra la garganta, llora desesperado, revive delante de los ojos de su salvador. El hombre quiere abalanzarse sobre él y abrazarlo, pero no lo hace. Le deja ahogar su muerte, recuperar el aire que se le debía.

Sin dejar de llorar, Sergio levanta la vista e inspecciona los cambios. Descubre que ahora hay dos barcas, y que su madre ya no está allí. Eso le entristece y muta su llanto de supervivencia en un leve gimoteo de pena y de abandono maternal. El pescador le acaricia el rostro y peina con delicadeza su pelo empapado. Sonríe con toda su alma al verlo respirar de nuevo. Entonces le escucha pronunciar su primera palabra.

– *Amá...* – y señala con un dedo pequeñito y rechoncho hacia el brazo de agua entre las dos barcas, donde flota el cuerpo inerte de su madre.

El pescador se fija entonces en el objeto que sobresale del pecho de la mujer. Es un instrumento de madera, afilado a cuchillo. Dirige su mirada al bote donde viajaban madre e hijo y descubre que hay más objetos como aquel en su interior.

Estacas de madera. Mantas. Y un crucifijo de plata.

Es extraño.

Devuelve su mirada al niño.

– *Apá...* – dice entonces, y transforma su llanto de abandono en una leve sonrisa de complicidad.

Esta vez, su dedito señala al cielo, hacia algún punto situado por encima de la cabeza del hombre.

Sobre el autor de «Cuando se supone que una madre abraza a un monstruo»:

Ignacio Cid Hermoso es un joven escritor que comenzó su meteórica carrera tras ganar, entre otros, el concurso Monstruos de la razón en su categoría de terror.

Desde entonces ha publicado la antología *Texturas del miedo* (Saco de huesos) y las novelas *El osito cochambre* (23 escalones) y *Nudos de cereza* (Punto en boca), obras que han sido recibidas con entusiasmo tanto por los lectores como por la crítica.

Lejos de haberse embriagado con las mieles del éxito, sigue entrando, como buen vampiro, en los cubiles a los que es invitado, por muy angostos que resulten, por muchas telarañas y calaveras que acumulen entre el polvo. Gracias a ello, hemos podido contar con su inestimable colaboración para resucitar este particular homenaje a John William Polidori. Si los monstruos andan sueltos de nuevo, en parte es culpa suya...

ÍNDICE

.

37969505R10103

Printed in Poland
by Amazon Fulfillment
Poland Sp. z o.o., Wrocław